光太郎 智恵子 うつくしきもの

「三陸廻り」から「みちのく便り」まで

高村光太郎
北川 太一 著

二玄社

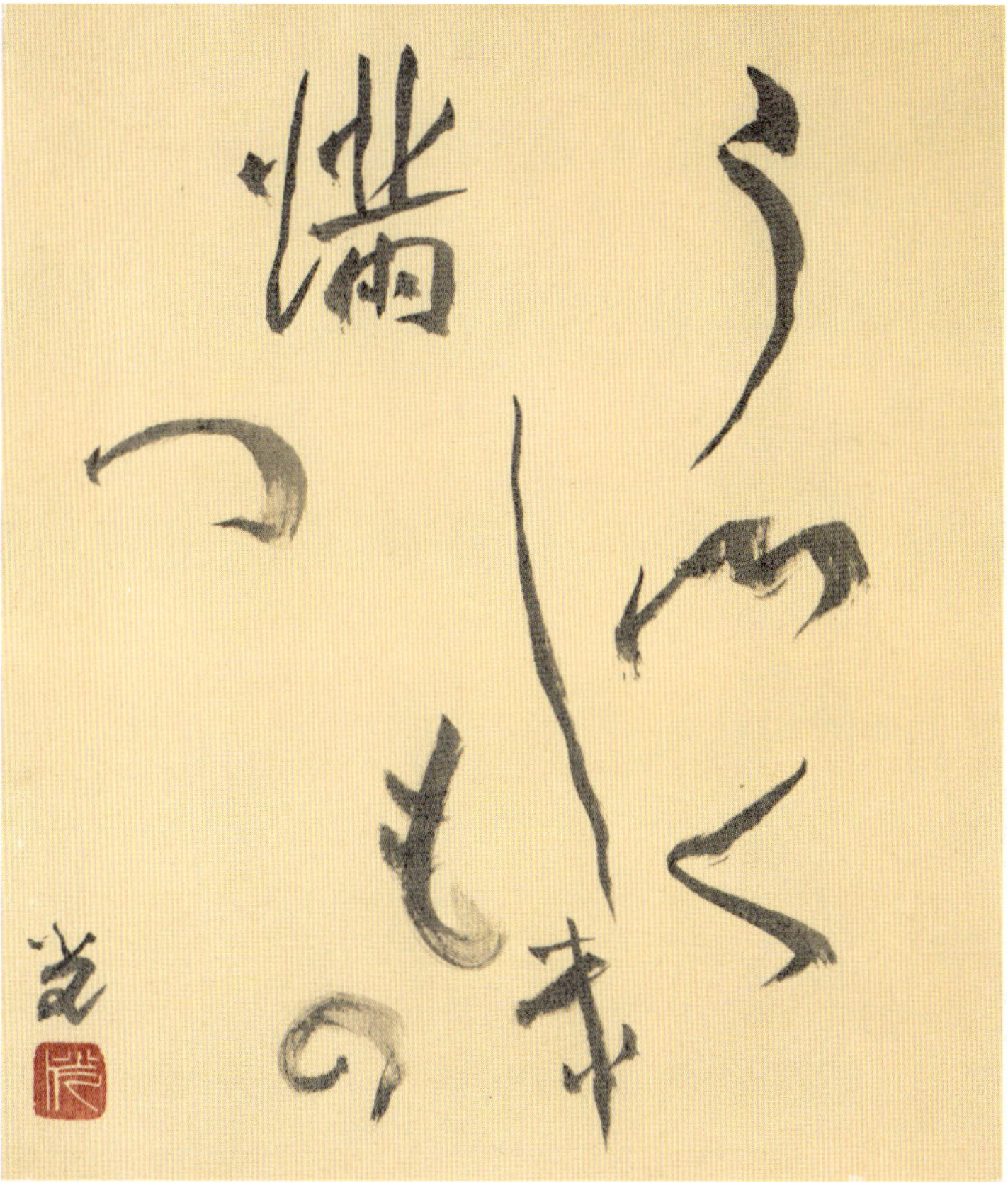

光太郎書「うつくしきもの満つ」（昭和27年）

はしがき

北川太一

彫刻家として、そして詩集『道程』（大正三・一〇）、のち『智恵子抄』（昭和一六・八）の詩人として知られることになった高村光太郎に、「三陸廻《めぐ》り」という紀行文があります。

三陸地方は昔からしばしば冷害や大地震や大津波に襲われ、激しい被害を繰り返して来ましたが、光太郎が三陸を訪れたのは明治二十九年六月の大津波から三十五年目、昭和六年夏、災害の後も漸く復旧し、沿岸の漁業をはじめ鉱工業も活気を取り戻して来た頃でした。しかし、新聞社の委嘱とはいえ、「夏は苦手だ。まったく北極熊のようだ。華氏八十度になると私は、そろそろ生理機構が狂ってくる」と何度も告白している光太郎が一と月あまりも、ひとりこの地を旅したのは何故だったのでしょうか。光太郎はずっと後のインタビューに答えて「人間の一生には一箇所ぐらい分からない処があってもいいのだ」と言っています。

とはいえ、智恵子の周辺に事件が重なり、大陸に戦乱が拡大し、勃発する太平洋戦争、戦災、花巻疎開、敗戦、山居七年の「みちのく便り」、そして最後のいのちをかけた造型作品「十和田裸婦群像」まで……遺された少ない資料を組み立てながら、少しでもその謎のつながりを探り求めることは、必ず果たさなければならない大切な仕事の一つだと考えていました。光太郎と智恵子、困難を乗り越えてかたく結ばれた二つの心が、終の棲家を追い求

若き日の光太郎、明治40年（24歳）ニューヨークにて

め、未来を希求したその生涯の意味を明らかにするために。

これまで書いて来たものを継ぎあわせ、憶測を交えた、たどたどしい解説ですが、光太郎・智恵子のいのちの真実を後の世に伝える幾らかのお役にたてば、幸いです。

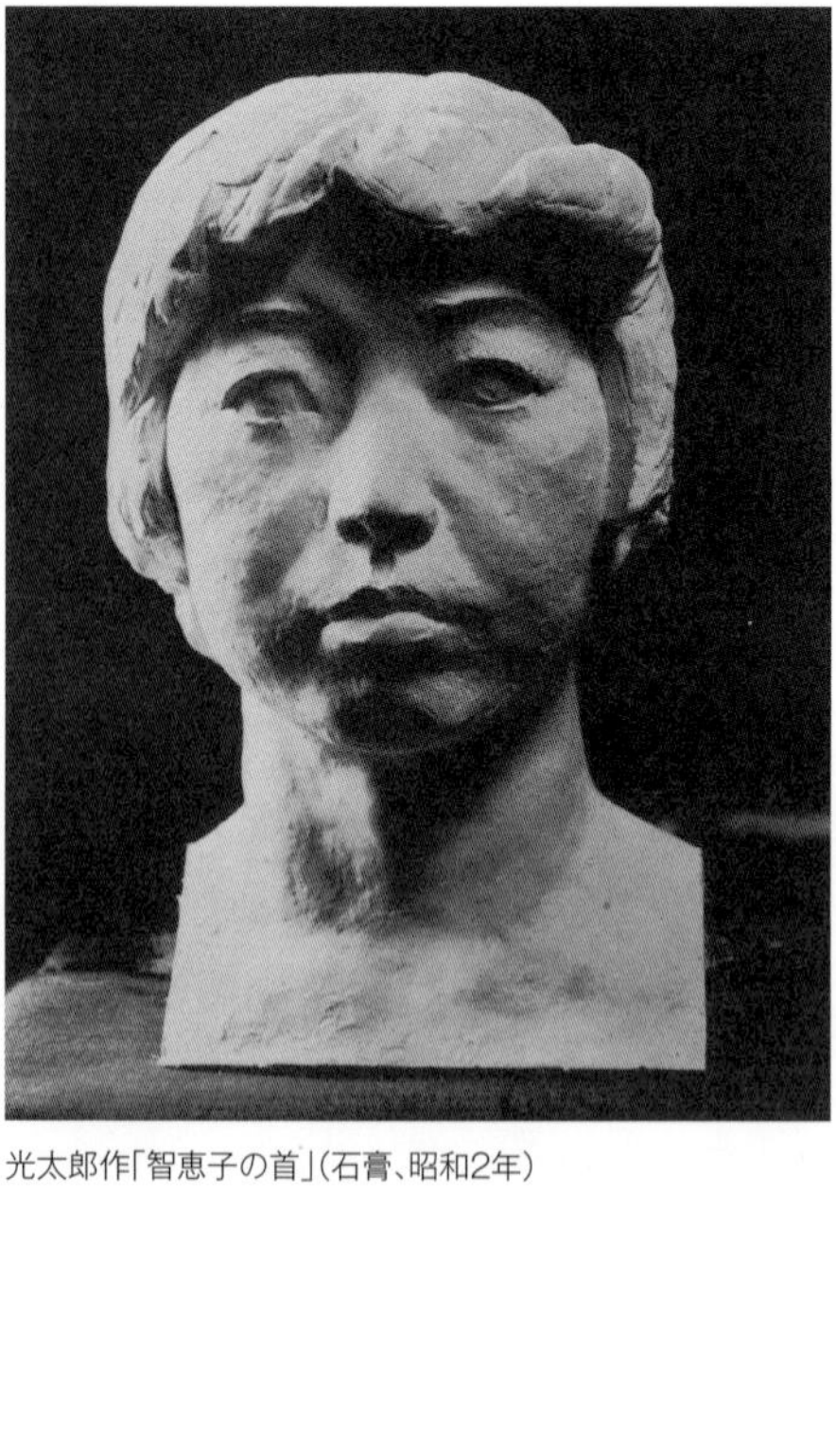
光太郎作「智恵子の首」（石膏、昭和2年）

❖目次❖

光太郎 智恵子 うつくしきもの

「三陸廻り」から「みちのく便り」まで

＊「三陸廻り」各回扉絵は、『時事新報』連載時に掲載されたものです。
＊「三陸廻り」「みちのく便り」ならびに解題・解説中の引用文は、詩歌を除き新漢字・現代仮名遣いに表記を統一しました。
＊解題・解説中の詩歌は、漢字は新漢字に統一し、仮名遣いは原文通りとしました。
＊本書中の高村光太郎の文章は、『高村光太郎全集　増補版』（筑摩書房刊）を底本としながら、右の表記統一などをはじめ、読者の便を図り適宜手を加えました。

三陸廻《めぐ》り

高村光太郎

解題　北川太一

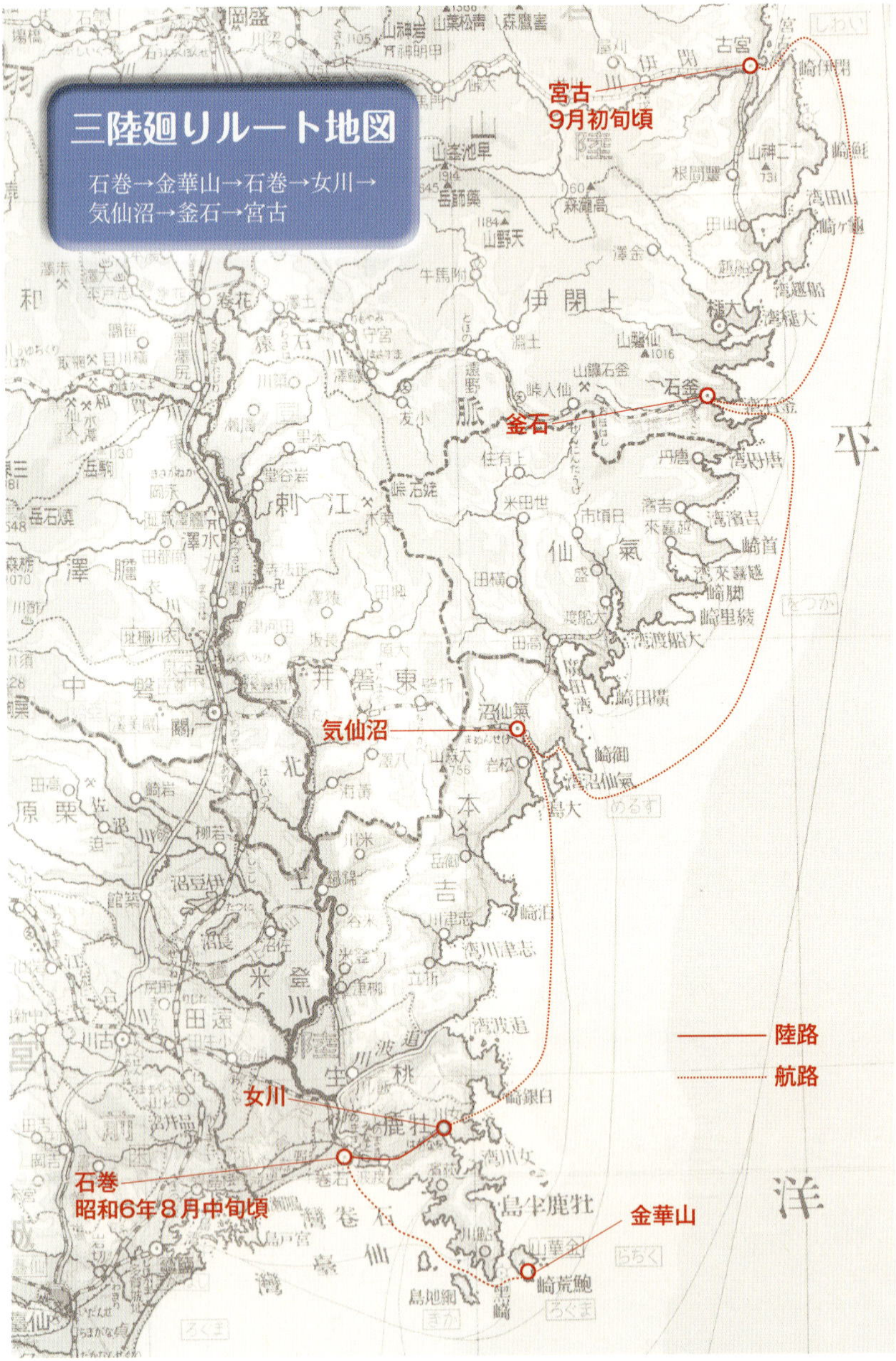

※地図は昭和初年の三陸地方（昭和4年、新光社刊『日本地理風俗大系４』より）

一

石巻《いしのまき》

光太郎画「石巻仲の瀬」

徳川期の無名の一郷土人によって造られた川崎在の小運河の、如何に巧妙に自然に順《したが》って成された工事であるかを、曾て詩人佐藤惣之助君は深い讃嘆を以て語った。今それを思い出す。

石巻西内海橋《にしうつみばし》に近い福島屋旅館の欄干の前を大北上川が應揚に流れている。仲の瀬島を中洲にしていかにも古風な彎曲を見せて落ちつき払った、今引潮の強い波をあげている此川を誰が人工の川と思おう。自然の流系追《おっ》波《ば》川の水を横から鹿又でもぎり取り第四期沖積層の幾キロ米を貫いて殆ど天工に等しい此の川口の港を作り上げた昔の奴はすさまじい。その飽くまで日本的な処はスエズの様な索莫たる運河状態でない点にある。日本人は自然に逆らわない気質を有する。自然をどゝかないで、しかも自然を左右する。機械文明の世界に於ても日本人は結局機械性そのものの自然を求める事によって機械の単純化を高度の洗練にまで持ちゆかずには居ない民族だろうと臆測する。

はじめ鼻についた生臭い海風ももう感覚に上らない。対岸湊町の魚市場に林立する檣柱《ほばしら》の旗は海風の南々西を示す。青い空の高層に逆に靡《なび》くシラス雲。鷗。底太い汽笛。八月の午後四時。気温二八度。

日和山《ひよりやま》は河口を扼《やく》する昔からの物見台である。松と桜とに装われた此小丘陵の突端に立つと、眼下にひろく、さすがに争われない北上川の人工的河口が甚だ怪奇なガ、ニ股をひろげている。船乗りは此川口の海を難所とする。海は此河水の闖入《ちんにゅう》を少しは面倒くさがっているかも知れない。却て沖よりも荒い変態的な三角波。微《かすか》に見える水先案内の小舟が紅白染分の大きな旗を立ててお客を待っている。こんもりした松の間の遠い測候所支局の白ペンキ。その下にいるシックな汽艇。

今晩は日和山の鹿島御児《かしまみこ》神社に珍しく神前結婚式があるという。赤い裳《も》をつけたお神子《みこ》さんがちらちらする。「だんだんそういう事になりやすべ。経済だもん」と茶店の人が鬚《ひげ》を剃りながらいう。一週間飲んだり食べたりの地方の嫁入騒ぎもまず此所らで滅びる。当り前だ。

日和山から見下した石巻と湊町と仲の瀬とはぎっしりつまってまるで空地の無い建てこみ方だ。家と倉庫と鰹節工場と造船所と魚市場と檣柱と旗と煙突と、魚類の吐く息と鋼鉄の鳴る音と。坂路に立って俯瞰図をスケッチしていると洋服姿のインテリ百姓らしい若者が通る。向うに二反歩あまりの開墾地が見える。やはり洋服姿の盧花翁然たる大人《たいじん》が磊落《らいらく》そうに笑いながら畑仕事をしている。あらゆる分子があらゆる土地に必ずあるなと又思う。山を下りると立派な水道事務所がある。但し鉄管だけ敷かれて水の見込はまだない。資金難だという。風呂も河の水で今日は薄濁りだ。風呂番は、「バスペップを入れやした。薬湯でござい」などとしゃれている。

浄水は買うらしい。子供の頃東京でも水屋が桶で水を売りに来た。あの水の親密さを石巻では今でも人が飲んでいる。

ところで稲の家の桃太郎は若いけれども唄がうまいと番頭さんはいうのである。海の働き人のぞめき歩く夜の仲町裏へ賑かな石巻甚句が鳥文の二階から落ちてくる。

——スットコ在このコケあんこメッパにカテ飯、たぁんとたぁんと——

【解題】

この頃、日刊新聞はよく知名人の紀行文を連載してその紙面を飾りました。「石巻」は高村光太郎作・画の「三陸廻り」第一回として、『時事新報』昭和六年十月三日夕刊一七三五六号の一面最下段に掲載され、以下その形式を維持し、断続して二十七日の「十　宮古行」で終ります。光太郎は四十八歳。ともに棲む洋画家智恵子は三歳年下の四十五歳。

遺された智恵子や光太郎の書簡から、光太郎が八月九日に本郷駒込林町のアトリエのあった家を発ち、九月十日頃帰着したことは推定できますが、この一ヶ月近い旅の正確な日程はわかっていません。智恵子と共に住んでから一人でこんなに長い間家を留守にしたのは、初めての出来事でした。

光太郎は石巻にまずどんな経路で着いたのでしょう。私鉄仙石線五〇・五キロが全通したのは昭和三年十一月のことですから、

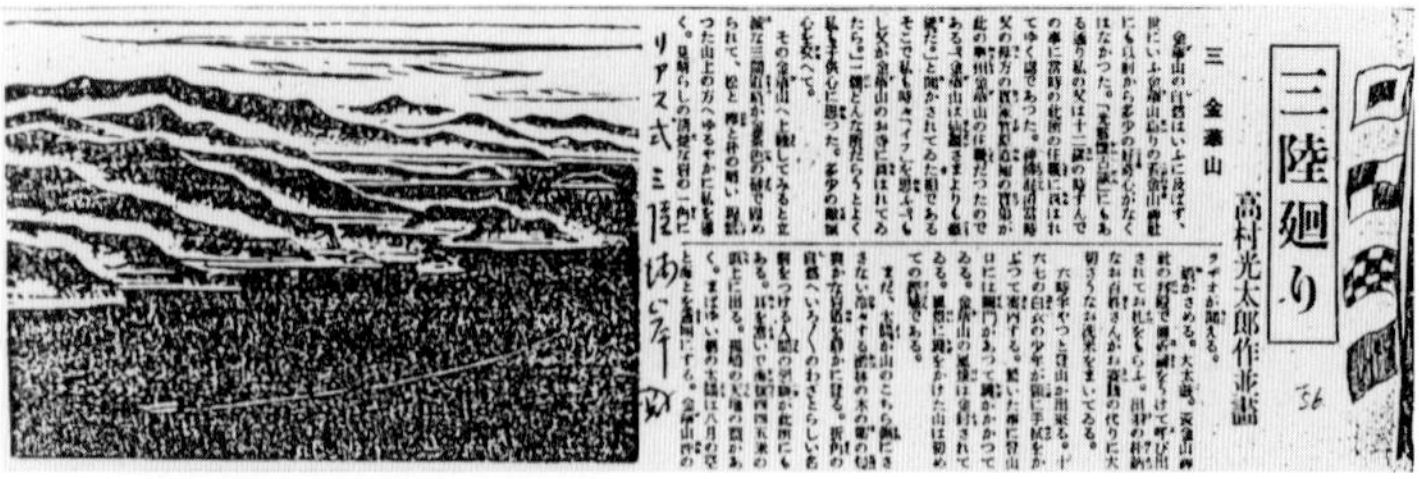

新聞連載当時の「三陸廻り」（「三　金華山」『時事新報』昭和6年10月6日付）

三陸への旅の出発点として最も普通だったのは、上野から東北本線で仙台に行き、仙石線で石巻に至るその選択だったでしょうか。

石巻に着いた光太郎は、駅に近い老舗旅館福島屋に宿を定めました。他にも千葉甚、阿部新などの旅館がありましたが、この宿は光太郎が気に入って、以後この町での定宿《じょうやど》になります。宿の欄干に依って眺める北上川から分かれた運河の姿はおのずから、かつて聞いた若い友人佐藤惣之助の話を思い起させて、自然を損なわない昔の人の知恵に賛嘆します。佐藤は明治二十三年に神奈川県川崎町に生れた詩人で、その才能を光太郎は早くから評価していました。

「日本人は自然に逆らわない気質を有する。……しかも自然を左右する。機械文明の世界に於ても日本人は結局機械性そのものの自然を求める事によって機械の単純化を高度の洗練にまで持ちゆかずには居ない民族だろうと憶測する」と書く感想は、若くから憧れた北方の、しかも最も交通不便とされる三陸の旅の感想に漲《みなぎ》り、人と自然と風土への熱い共感や警告の主旋律を予告します。

葛西氏の城跡だったという日和山公園から見た町の描写も、生き生きとした興趣に溢れます。添えられたスケッチはこの丘から描いた北上河口を望む風景でしょう。

八月の午後の青い空の高みには冷たい空気が流れ込んで、天候の変化を予告する巻雲が筋を引き始めます。

風呂番が自慢げに言う「バスペップ」は都会で流行り始めた入浴剤の類でしょうか。光太郎の耳は、ことに三陸で愛されるという酒席の踊りを伴った民謡、甚句の石巻での最初の洗礼を受けます。主に七七七五の四句で構成される歌詞と、賑やかな踊りは、大漁節のような様々な労働歌にも、酒席での座敷歌にも変身します。石巻地方の方言は東京に近いそうですが、これは若者たちをおどけ、ねぎらいつつ、酒食を勧める歌詞でしょうか。

日和山から望んだ昭和初期の石巻と北上川（光太郎のスケッチとほぼ同じ眺望）

二　牡鹿《おじか》半島に沿いて

光太郎画「金華山遠望」

雨シラスがあたって昨夜来小さな低気圧性の雨。荷が無いのか、客が無いのか、今日は金華山通いの百屯級の定期船が初発港を出ず、むろん石巻へも来ない。（東北地方の定期船は極めて出鱈目だ。時間表とは船もあるという意味に過ぎない。）そこで牡鹿半島通いの漁船のような小さな汽船が行ってくれる。

私がはじめ此半島の鮎川港《あゆかわ》をめがけたのは捕鯨船に野心があったからだが、今は皆北海道に行っていて金華山沖はからっぽだと聞かされて少からずがっかりした。仕方無しの金華山行だ。少し船でも揺れろと思う。

午後三時半、雨に暗い河岸通の合同汽船発着場から出帆。ほろ酔機嫌の船長さん共船員三名。お客が女ばかり二名。あとは貨物。

北上川の沖で十五分ばかり三角波に揺れていると折角の雨雲が薄くなりだんだん霽《は》れてしまう。それでも久しぶりで海に出た私はやり切れない程なつかしい滑っこい此の生きた波濤の触覚に寧ろ性欲的の衝動を感じる。海のブランコの肉情は殆ど制し難い。右は円い水平線。左は見事な模範的中生層の断崖つづきの牡鹿半島。東南東へ斜角六十度の岩層の美しい小さな生草島《なまぐさじま》をすれすれに通って荻の浜。音にきいた荻の浜港も今はさびれて寒村らしく、二番目狂言の書割じみた魅力ある黙阿弥式の面貌を見せている。海岸の火見梯子。狐崎《きつねざき》をぐるりと廻って大原。それから田代島《たしろじま》。大きな此島は昔流人《るにん》を流した島だ。「わす等のような身分の無い奴の流された島でがんす」。此小柄な船長さんは女客から胡瓜《きゅうり》を二本まき上げる。冷酒《ひやざけ》をやりながら輪舵《りんだ》を握る。若い女はもう金盥《かなだらい》だ。平べったい網地島《あじしま》を右に通り越して鮎川の桟橋に着いたのは五時半。桟橋は人と魚と氷の山で活発な荷役が一しきり始まる。鯨用の操作場が浜に幾棟も口をあけている。鯨の居ない鮎川はいくら人が居ても留守のようだ。貨物二つと私一名とを載せて船は鮎川を出る。半島の黒崎《くろさき》にかかるとさすがに大きなうねりが遠くから来て船をあやしてくれるが、雲も切れるし風も弱い。金華山《きんかざん》が左から廻灯籠《まわりどうろう》のように出てくる。

文晁《ぶんちょう》が名山図会に描いた金華山は何処から見たのか、感じが違う。思いの外大きくてあんなに尖って居ない。牡鹿半島から海峡最短三キロと離れていない此島が、地質上一個の孤立した岩株《スタック》である事は興味がある。三畳系粘板岩の半島に対比して、島は全山深成岩たる見事な黒雲母花崗岩《くろうんもかこうがん》で出来ているのだ。その為、岩の襞《ひだ》による山容が急にあらたまる。樹木による山の色が急に変る。何だかそこらと違った、見なれない物の感じだ。昔の人が此島を神聖視したいわれが分る。田代島や出島《いずしま》へは流人が流せた。金華山へは神をしか祀れなかった。

多神教は自然崇拝から起る。万象悉《ことごと》く神と見るのは極めて素朴な原始的芸術感だ。金華山の頂上には大海祇神《おほわだつみのかみ》が祀ってある。果知れぬ海と思った太平洋を金鋲《きんびょう》のように此所で抑えている此島の天極に海神を招じた日本民族の芸術性に微笑をおくる。私は既成宗教のどの信者でもないが医《いや》し難い底ぬけの自然讃美者だ。自然の微塵にも心は躍る。万物の美は私を救う。強力なニヒルの深淵から私を引上げたのは却て単純な自然への眼であった。高度の文化が最後に救われる道は案外にも常に原始的な契機による。だから例えばアインシュタインの様な頭脳とも人は平気で談笑し得るのだ。談笑するがいいのだ。船は一揺れゆれて山雉《やまどり》の渡場、金華山の埠頭につく。六時半。

【解題】

この日欠航した定期船の始発は塩釜《しおがま》で、石巻、鮎川を経て金華山に向います。

谷文晁は写山楼とも号した江戸末期の日本画の大家で、光雲が愛蔵していた『集古十種』の編集をしたり、諸国を廻り、洋画の影響を受けて沢山の写実風な風景画を描いたりしました。父光雲にまつわる特殊な興味もあって、金華山図は光太郎の記憶にことに深く刻まれていたのでしょう。

急に捕まえた漁船のような小さい汽船での、金華山までの短い船旅の、人や海や次々に現れる島々の情景は、光

谷文晁画『日本名山図会』「金華山」

太郎の筆にまかせます。
ただ終り近くに書いた次の一節だけは、心に留めておきましょう。

多神教は自然崇拝から起る。万象悉く神と見るのは極めて素朴な原始的芸術感だ。……果知れぬ海と思った太平洋を金鋲のように此所で抑えている此島の天極に海神を招じた日本民族の芸術性に微笑をおくる。私は既成宗教のどの信者でもないが医し難い底ぬけの自然讃美者だ。自然の微塵にも心は躍る。万物の美は私を救う。強力なニヒルの深淵から私を引上げたのは却て単純な自然への眼であった。高度の文化が最後に救われる道は案外にも常に原始的な契機による。

牡鹿半島の突端と金華山をへだてる山雉の瀬戸は幅二六〇〇メートルあまり、光太郎の短歌が発想されます。

山どりの瀬戸波あらし舟の上にかぶさりゆる、金華山かな

三　金華山

光太郎画「リアス式三陸海岸」

金華山の自然はいうに及ばず、世にいう金華山詣りの黄金山《こがねやま》神社にも以前から多少の好奇心がなくはなかった。「光雲懐古談」にもある通り私の父は十二歳の時すんでの事に当時の此所の住職に貰われてゆく処であった。神仏混淆《しんぶつこんこう》当時父の母方の実家菅原道補《どうほ》の実弟が此の奥州金華山の住職だったのである。「金華山は仙台さまよりも豪儀だ」と聞かされていた相である。そこで私も時々「イフ」を思う。「もし父が金華山のお寺に貰われていたら」。一体どんな所だろうとよく私も子供心に思った。多少の敵愾心《てきがいしん》を交えて。

その金華山へ上陸してみると立派な三間《さんげん》道路が金茶色の砂で固められて、松と欅《けやき》と朴《ほお》の暗い程繁った山上の方へゆるやかに私を導く。見晴らしの清楚な岩の一角に立つと「山雉《やまどり》の渡」で名高い金華山瀬戸の物凄く急激な潮流の暮かかる藍色の風が裾から来る。鹿が五六匹遠巻きについて来る。奈良の鹿と違って此所のは余りなれなれしくなくて如何にも野生らしい。五六丁登ると大きな広場と大きな神社と、それにも増して大きな社務所とがある。秩父の三峰《みつみね》式だ。社務所の外に泊る所がない。白衣の人が其処にどやどやいて私をよぶ。がさつな笑いとその声の調子とで、私は自分が亡者になった事を知る。社務所に上ると机の前へ坐らせられて献膳料を請求される。二円から五円でも七円でもという。記名を終ると広い廊下をやはり白衣の壮漢に案内されて大きな一室に置かれる。白衣の壮漢は十五六人も居るか、溜りの様な処にがやがやしていて、何だか騒々しく何だか乱雑で、此は少々やりきれない。何十人の講中でも差支え無いような風呂場から出て精進料理を食わされて暑くるしく寝る。ラジオが聞える。

眼がさめる。大太鼓。黄金山神社の拝殿で御祈祷をうけて呼び出されてお札をもらう。出羽の朴訥《ぼくとつ》なお百姓さんがお賽銭の代りに大切そうなお洗米をまいている。

六時半やっと登山が出来る。十六七の白衣の少年が頭に手拭をかぶって案内する。驚いた事に登山口には関門があって鍵がかかっている。金華山の風景は金封されている。風景に鍵をかけた山は初めての経験である。

まだ、太陽が山のこちら側にささない冷々する密林の木の葉の匂爽かな岩道を静かに登る。折角の自然へいろいろのわざとらしい名前をつける人間の悪癖が此所にもある。耳を塞いで海抜四四五米の頂上に出る。孤島の天地の蓋があく。まばゆい朝の太陽は八月の空と海とを透明にする。金華山沖の東方にはヒマラヤ山脈の高さよりも深い大海溝がある。重い海水の圧力が陸上に居る私の血管を軽くする。南東の黒潮は横長に黒く、北東の親潮は縦長に青い。北西につづく日本三陸地方の横顔は所謂《いわゆる》リアス式海岸の美を極めて、大小無数のその海岬に白い浪の覆輪《ふくりん》がきらめく。日本島が確に東海の水の中から生えている。風景は鮮かであり又その故に止め度なく寂しい。海の微塵、散兵する漁船群。

私は此の大海祇神《おおわだつみのかみ》の棲まいの岩に腰をおろして地球の大きさ厚さに見入る。飛行機と無線電信とは地球の表面距離を小さくした。しかし人は地球のうすい表皮の中でのみ活動する。人はまだ此厖大な球体に深達する事を許されない。上空無限の未知の気層が私の意識を喪失せしめる。自然に帰る事に何故人は不安を感じて死の彼方を人為的に約束したがるのだろう。金華山が東に廻転する。谷の密林の岩を鹿が飛ぶ。山を下りる。

【解題】

光太郎が作家田村松魚《しょうぎょ》とともに、光雲の前半生の聞き書きを作ったのは大正十一年のことで、初め翌年の『中央公論』に連載されました。それを加筆再編して光太郎が題字を書き（おそらく装丁も）昭和四年に万里閣書房から刊行されたのが『光雲懐古談』です。光太郎が引用したのは冒頭に近い

十歳の時、母の里方、埼玉の東大寺へ奉公の下拵《したごしら》えに行き、一年間いて十一に江戸へ帰った。すると、道補の実弟に奥州金華山の住職をしている人があって、是非私を貰いたいといい込んで来ました。父は無頓着で、当人が行くといえば行くも好《よ》かろうといっていましたが、母は、たった一人の男の子を行く末僧侶にするのは可愛そうだといって不承知で

『光雲懐古談』扉
（昭和4年、万里閣書房刊）

あったのでこの話は中止となった。

とある個所ですが、光雲の記憶にはしばしば錯誤があって、この本で母増《ます》をその修験の寺の二十五世道補の次女としているのは、年代や事実と合いません。しかし今はそのことにこだわっている場所ではないので、父から聞いたことを事実として疑わなかった光太郎の記述を、そのまま大切に保存しておきましょう、「多少の敵愾心を交えて」という少年光太郎の感慨とともに。

その敵愾心はこの愛すべき神の島の自然と人為の中でも、人間の愚かしさを改めて摘発するように、至る所に吐き出されることになるのです。しかし海抜四四五メートルの頂上では、蓋《おお》い被さっていた、この孤島の天地の蓋が開け放されます。スケッチブックを取り出し、鮮やかでとめどなく美しい三陸海岸の美を、深い寂しさを内に秘めながら写し取る光太郎が居ます。

四　雲のグロテスク

光太郎画「雲のグロテスク」

金華山では裏山案内の少年が腹下りを起したので無双峰から社務所に帰り、バカの味噌汁で朝食を喰わされて埠頭に出る。金華山灯台にゆく気で歩き出したが恐ろしい太陽の猛直射と花崗岩の照返しとに辟易《へきえき》し、写生に時間をつぶして途中から戻り、午後三時の汽船で石巻にかえる。

此日海上の空は層積雲、高積雲おまけに積乱雲の実に大規模な戯曲が展開され、光と形との目まぐるしい変化が続き、三時間の航程を雲のスケッチだけで終った。

雲と岩とのグロテスクさは想像の外にあるが、凡《すべ》て宇宙的存在の理法に、万物を統一する必然の道が確にあると思われる節がある。それは此等無生物の形態生成に人間や動物と甚だよく似たデッサンが用いられている事だ。

逆には、人間や動物の形態は此等物質の形態されると同じ機構上の約束によって出来ているものと考えられる。眼は二つ。鼻は二つが合さって一つ。口も一つ。眼は大抵口の上にあり、頭部の下に胴体があって其から四肢が派出している。凡《およ》そ存在物の形態原理は人間の形態を形成した原理と同じものであろう。もし星の世界に生物が居るとしたら案外地球上のものに近い形態を持っているであろうと想像し得る。雲と岩とが如何に多く人間や動物に酷似するかを見よ。人間形成と雲の形成とに偶然ならぬ関係が物理的にあるものと見るのは私一個の幻想に過ぎなかろうか。

此日簡素な巻雲が最高層の青空に白く散らばっている下を層積雲の群族が横に靡《なび》き、そこへ高積雲と見られる巨大な雲塊が盛上り其間をちぎれ雲の千様万態が南西から北東へ向けて飛ぶ。西南西の水平線からは積乱雲が横雲を貫いて伸び上り又崩れる。西方に当って一番最初に気のついたのは河馬《かば》型の巨大な雲であった。猛烈な二つの鼻翼と口とを南方に突き出し眼は実際の河馬よりも大きく正当な位置に二つ並び、頭は禿《は》げて平たく胴体は長く北西に延びて円錐形の魚類となり、巧妙な腹部のひれを二個つけている。その平たい頭部から糸の様な雲が立上ると見る間に、五分間ばかりで驚いた事に今度はモオゼの様な又エホバのような髯《ひげ》の長い彪大な人物となった。半裸の胴体には胸廓が明らかに見え、臍《へそ》があり骨盤があり、足は布に被われて北西に投げ出されている。左右の手は大きく開いて高く挙げられ、首は下界を見下ろすように北方を向いて横顔の輪廓を見せる。長髪が後ろに靡き、額には二本の短い角がある。昔へブライの族が天空に仰ぎ見た神とは斯ういうものかと思うばかりだ。その雲を写している間に此が横に倒れて朝顔雲がふわふわ湧き、つづいてエホバの胴体がブルドッグ生写しの首となる。其隣に龍が珠を三個吐いていると見るうちに、もう一度今度は違った巨大な裸の老翁が煙草の煙を輪にふいている姿となる。いつのまにか雲の量が減り更に横に棚引く幕の上から狩野派の白鷺《しらさぎ》の頭が現われ、皮肉な事にその真上に嘴《くちばし》の長い鳥が羽をすぼめて並んでいる。こういう取りとめの無い記述を人は笑うであろうか。私はかかる現象を凝視して飽く事を知らない。そうして物質形成の宇宙的普遍方式の暗示を夢想する。

其夜は又石巻に泊って夜店で唐もろこしのうでたのを喰べる。此所では唐キビという。うでたのはキビキビしない。

【解題】

若き日に、

かの雲を我は好むと書き終へしボオドレエルが酔い醒めの顔

と歌った光太郎ですが、千変万化する雲の姿態についての関心は偏愛に近いと言っていいでしょう。

午後三時の汽船で石巻に帰るその三時間の航路で光太郎を捉えたのは、刻々に姿を変え乱舞する雲の変幻。

スケッチブックを満たすその姿は、遥か後「雲の伯爵夫人」として金素雲《きんそうん》の訳詩集『乳色の雲』（昭和一五・五　河出書房）の扉を飾るまで跡を引きます。

石巻で再び宿った福島屋旅館で、乞いに任せて色紙に揮毫した「山とり」の歌は、その表記を若干異にしています。

山とりの
せと波あらし
船のうへに
かぶさり
ゆるゝ
金華山
かな
光太郎

五

女川《おながわ》港

光太郎画「女川のしみ」

牡鹿半島のつけ根のぎゅっとくびれて取れ相な処、その外側の湾内に女川がある。船で廻ると一日がかりだが石巻からバスで行けば水産学校のある渡波《わたのは》を通りぬけ、塩田のある万石浦《まんごくうら》に沿って二時間足らずの道程だ。朝七時に出ると九時には着く。女川で船を見つけるつもりで出かける。女川湾は水が深くて海が静かだ。多くの漁船が争って此の足場のいい港へその獲物を水上げする。海岸には東北水産株式会社というものが巨大な清潔な魚市場を築造して漁船を待っている。三陸沿岸では一番新らしい一番きれいな水上げ場だ。女川は極めて小さな、まだ寂しい港町だが、新興の気力が海岸には満ちている。活発な魚類の取引を見ていると今に釜石あたりをも凌《しの》ぐ様になるかも知れない気がする。ところで、海に面する此の新鮮さに対比して、町そのもののぼろの様な古さと小ささとには驚かされる。この古さは珍しい。魅力は此の新古均等の無いところにある。

ほんの些細な宿場のような此町に着きは着いたが、どうも宿屋が目につかない。目につくのは個人経営的小規模な軒並の鰹節工場と古風な「御料理」式の家々と三等郵便局風の局とだけだ。ともかく探すと海岸の埋立地に女川ホテルという新築の小さな建物が見える。窓からのぞく。水色の絹のアッパッパというものを着た大年増が朝の掃除をしている。休ませてもらう。家の前の原っぱでは小屋がけで老爺が荷たり船を造っている。到る処の空地に製造中の鰹節が乾してあり、生節《なまぶし》の蒸せる臭《におい》で息がつまりそうだ。

漁船にねらいをつけていた私はまず魚市場に出かけてコンクリイトの上の鰹の山と、鮪《しび》、メバチの大行列との間を通りぬけ、そこに舫《もや》っている発動機漁船の幾艘かに飛入りの見習乗船を申込む。漁夫等の一瞥《いちべつ》によって私は徹頭徹尾落第する。金比羅《こんぴら》丸も山どり丸もてんで私を相手にしない。「旦那なに言ってござる」でお仕舞だ。さんざんな目にあって成程と思った。こんなインテリが道楽半分に漁夫の足手纏《まと》いになり、無責任な所謂経験をする事に何の意味があろう。生活は必至《ひっし》の生活にのみ意味がある。見学や経験や真似や同感はむしろ当事者への冒瀆だ。文芸家の所謂体験的文章の何と中途半端な馬鹿げたものであるかを思出した。ゾラは運転手を描く為に機関車に乗ったという。用がすめば下りてしまう。その書いた世界はただ外面生活と符牒との綴り合せだ。当事者から見ればそらぞらしい素人のお話に過ぎない。私は自分の好奇心を恥じた。人間はただ已《や》み難い自分の世界からのみ進むべきだ。文芸は作家各自の持場からのみ真実の声となる。真である為には此道より外に針路が無い。岩野泡鳴《ほうめい》の一元描写論は此の事実を方法論にまで延長したものと解すべきだ。漁船乗込などという事は偶然の機会か、真実に自分が漁夫となる時以外には、やたらに望むべきでない事を知った此のインテリは、海岸に積んである薪の山の間に腰かけて烈日に焼かれながら青く澄んだ水とその水を切る船との関係をいつまでも見ていた。

女川ホテルで噛みでのある様な新らしい鮪《しび》のさし身で昼食を喰ってから渡波の砂浜へ行って夕方まで土地の子供等と遊ぶ。唐キビを十銭買うと七本ある。それを皆で喰いながら私も裸になって歩きまわる。子供等と一緒に海の流木を拾い集める。虎丸の一日興行の旗を見ながら、たそがれバスで女川に帰る。

【解題】

大正十二年、漁港に指定された女川は十四年に国費で漁港、商港として修築する計画が立てられながら、実際に県営事業としてその修築が始められたのは、光太郎がこの漁港を訪れた、その一年前のことでした。新興の活気に溢れたこの港町の海岸に満ちる新鮮な魅力と、人口八千ほどのこの町の古さ小ささの共存する印象は、いつまでも光太郎の心に残ってあやうく記し留められ、今となっては貴重という他ありません。

ずっと後になって光太郎は女川の水揚場を舞台に詩「よしきり鮫」を書きました。

よしきり鮫

眼をあけて死んでゐる君もうろくづ。
女川の水揚場に真珠いろの腹はぬらりと光る。
どうしても君の口は女のももをくはへるやうに出来てゐる。
難破船をかぎつけると君はひらりとからだをひるがへし、

倒さになつてそれは愛撫に似たすれち
　がひに
やはらかな女のももをぐいともぎる。
君の鋸歯は骨を切る。
君は脂肪でぎらぎらする。
君の鰭《ひれ》は広東港へ高価で売られ、
君の駄肉はかまぼことなる。
くひちぎる事の快さを知るものは、
君の不思議な魅力ある隠れた口に
総毛だつやうな欲情を感じて見つめる。
このコンクリートの水揚場の朝河岸に
からころとやつて来る浴衣がけのあの
　餌《えさ》どもを。

（昭和一二・七・七作　『改造』八月）

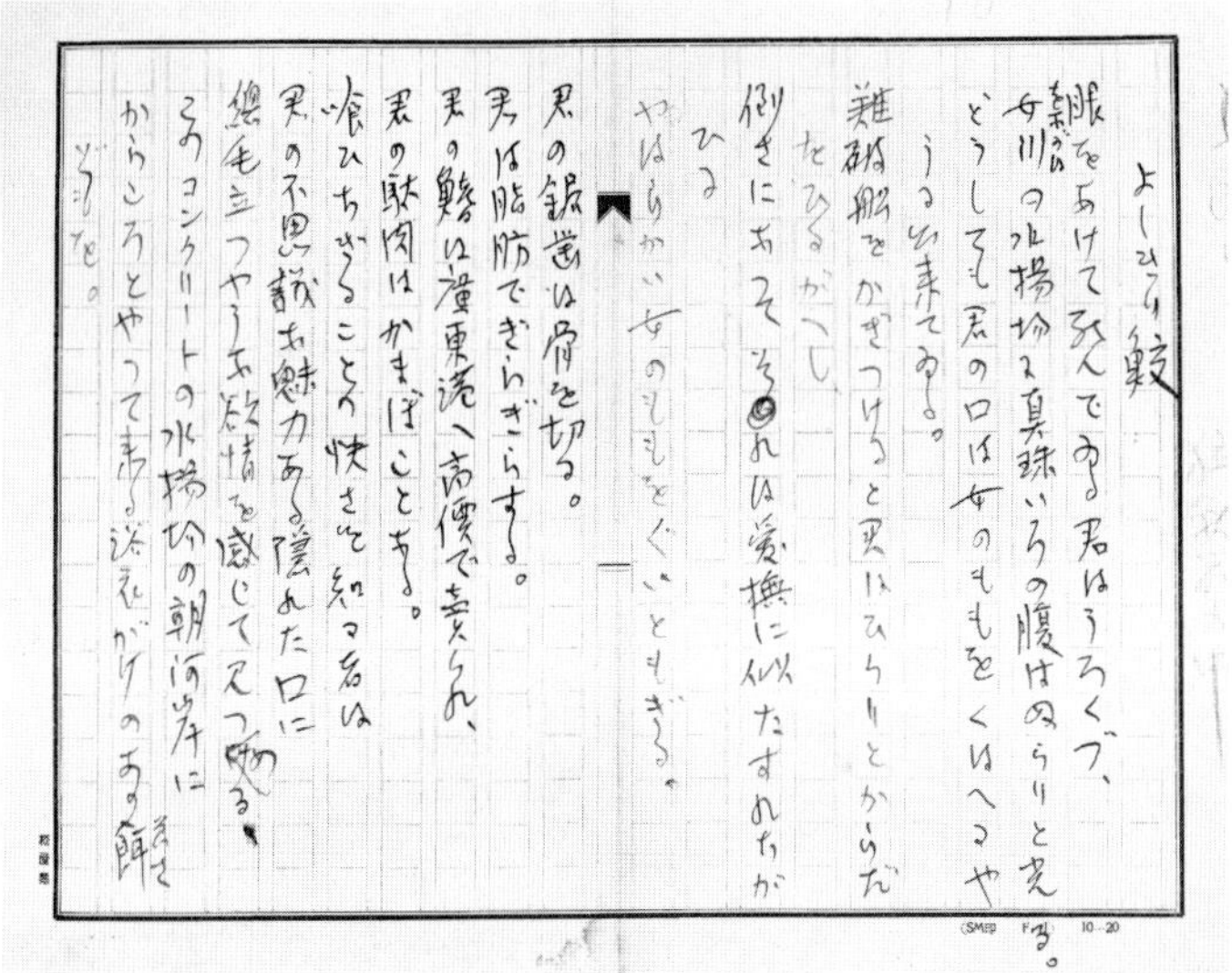
よしきり鮫
眼をあけて死んでゐる君はうろくづ、
女川の水揚場で真珠いろの腹はぬらりと光る。
どうしても君の口は女のももをくはへるや
うな口許である。
雑役船でかぎつけると男はひらりとからだ
をひるがへし、
倒さになつてそれは愛撫に似たすれちが
ひる
やはらかい女のももをぐいともぎる。
君の鋸歯は骨を切る。
君は脂肪でぎらぎらする。
君の鰭は廣東港へ高價で賣られ、
君の駄肉はかまぼことなる。
喰ひちぎることの快さを知る者は
君の不思議な魅力ある隠れた口に
總毛立つやうな欲情を感じて見つめる。
このコンクリートの水揚場の朝河岸に
からころとやつて来る浴衣がけのあの餌《えさ》
どもを。

詩稿「よしきり鮫」

旅の背景にわだかまる鬱屈した彫刻家光太郎の、時代を隔てた心情が痛烈に造型されているように思えます。光太郎の特異な詩群「猛獣篇」のこの頃再開された第二期と言っていいこの詩が、時を隔てた日中戦争開始のその日に作られていることにも心を惹かれます。

よしきり鮫はあの体長四メートルにもなるという獰猛な鮫です。光太郎が「よしきり鮫による構図」を描いたのは「九　釜石港」の挿図ですが、『改造』に「詩五篇」として同時に発表されたのは、既に病い重い智恵子を歌った『智恵子抄』後半の絶唱「千鳥と遊ぶ智恵子」「値《あ》いがたき智恵子」と、「猛獣篇」と注記される「マント狒狒《ひひ》」「象」でした。初期の「猛獣篇」に含まれる「ぼろぼろな駝鳥」などもそうでしたが、動物園で動物が飼われる。象が人間に使われ、材木などを運ばされる、そういうことの中で動物が動物でなくなってしまう状況、裏がえせば、がんじがらめの社会体制の中で、人間性が無視され、人間が人間でなくなってしまうそんな世の中の状況に対する強い憤りがこの一連の猛獣篇にはあります。それが病める智恵子への思いとともに並ぶのです。

三陸の海では、漁師が海から揚げる時、まず首を切り落さないと噛みつかれると言われるこのうろくず、魚の中の魚に君と呼びかけます。死んでいても君はありのままの本性を曲げない魚の中の魚だ。真珠色の腹を光らせ、かっと眼を見開いたまま死んでいる君の口。難波した船からさえ、その最も欲するものをもぎ取り、本性のままに生きているよしきり鮫に対して、自分もまた本性のまま、心の促すままに、あらゆるものからその美をもぎとり、生きたいと願う創造者のそんな共感を込めて、君と呼びかけるのです。

パリから帰った直後、最初の芸術論と言ってもいい「緑色の太陽」（明治四三・四『スバル』）の中で「僕の制作時の心理状態は一箇の人間があるのみである。自分の思うまま、見たまま、感じたままを構わずやるばかりである」と宣言して、生涯の指針とした光太郎です。

ところで詩は一転して、人間たちは鰭を広東に売り、肉は駄肉としてかまぼこにする。しかし鰭が高く売れようと、肉がかまぼこになろうと、そんなことはよしきり鮫の知ったことではない。光太郎はよしきり鮫にのり移っていて、自分もまたこの難波船のように危うい人間社会から、おし隠そうとする真実を喰いちぎり、むしり取ることのよろこびを知っている者だと思う。その連帯感から僕が惚れ惚れと見つめるのは、その口。彫刻家が女の体からその美をむしり取るように、女の太腿からその肉を喰いちぎる君のその口なんだと歌う。「君の不思議な魅力ある隠れた口に／総毛だつやうな欲情を感じて見つめる。」とまで言うのです。その一方で光太郎が見つめるのは、この水揚場の朝河岸にからころと下駄ばき、浴衣がけでやって来る人間達。良いことも悪いことも含めて、いのちの真実を貪欲に喰いちぎろうとする光太郎の餌どもは、よしきり鮫の餌でもあるのです。

女川の生き生きとした新興の人間生活の中で、光太郎の心の内側にうずいていたのはそんな思いでした。

「虎丸」は地方廻りの浪花節語りでもあったでしょうか。挿絵の「女川のしミ」の「しミ」はシビ（しび鮪《まぐろ》）のことです。

六　女川の一夜

光太郎画「女川にて」

小さな港町の夜の外貌をただ一旅人の眼で見たままに記述して置こうと思う。

古さびた女川の町が夜になると急に立ち上る。ただ海から来た人々への夜の饗宴の為にのみあるかと思う程、此の小さな町が一斉に一個の盛り場となる。女川ホテルで下の食堂と称する五六坪の室が小唄のレコオドを暗やみの四隣に轟《とどろか》し始める頃、海の沃度《ヨード》の匂を身に纏った逞しい漁夫等は列を成して狭い一本しかない町の往来に押し寄せる。製氷会社の倉庫を作りなおしたという天井の低いシネマ小屋に人がたかる。往来からも半分は見える。「一剣云々」という剣劇が盛に雨をふらしている。十銭の板敷が満員に近い。往来の左右には、あの船尾に戯れる愛くるしい海豚《いるか》のような多くの女性があちらこちらに固まっていて、子供が子供を誘うように声をかける。水色ののれんを下げた半弓場が人気を呼ぶ。楊弓《ようきゅう》よりも稍《やや》大きいへいへいへなの弓。矢が十本で五銭。酔った漁夫が肩肌ぬぎで競争する。「どんなもんや」。「よう中《あた》った、羽目になあ」。「二三本負けたれ」。此店におとなしい少女が居てぽんぽん中てる。往来をつき当ると堀割のへりに出る。大道将棋に黒山の人だ。東京弁のテキ屋さんは群がる荒くれ男を物の数でもなくあしらう。東京でやっているのと同じ趣向だが東京よりも手を出す人が多い。その向うの空家の前に戸板を並べた十銭均一の小間物屋がある。此男が何処から見ても立派な日本人だのに民国人になっている。「ほんまにやすい。あんた買う、よろしい」。後ろに腰かけている妻君が客の一言《ひとこと》毎《ごと》に笑いこける。言葉でも分らないように、どんな悪口をいわれても笑いこける。民国人は猛然として、「あんた、悪口いう、買わない、ケチある」。此店が見ているうちにばたばたばた売れる。氷屋の土間で桃割れの娘がチャアルストンを踊る。鶏の羽ばたきのように後じさりする。戸障子をあけひろげて船乗りばかり十五六人の酒もりをやっている家の前に私も立って見ている時、ぱっと電灯が消えた。町中に起る叫び声。この停電が二時間にわたる。闇が海までつづく。店々の蝋燭がこの町の媚態を深め、酔った群衆のどよめきが今は全くマルセイユ式となる。やがて町の角々で大きな焚火がはじまる。それが逆光線の効果をつくる。暗くなったシネマの小屋から頻《しき》りに拍手がきこえる。演説の声がする。あとで聞くと、女川ホテルの主人が臨機の政談演説をやったのだという。

「御料理」の二階からありとあらゆる唄がひびく。おけさの余韻が汽笛のように女川湾に反響する。私はぐたぐたにくたびれてホテルに帰った。ホテルの所在も焚火《たきび》で見当をつけたのである。女中さん達がすっかりお化粧をしている。私の部屋は一番奥で一番暑い。部屋の窓から首を出すと、女川の闇黒の空にきれぎれな人間の声が消えてゆく。海がかすかに光り、夜航の漁船でもはいって来るのか紅緑の舷灯らしいものが沖に明滅する。私は此夜見かけたいろいろの群像を幻想の中で勝手に構成してみる。エネルギイそのもののような鮪と女との構図をいつか物にしたいと思う。下の食堂は今がたけなわらしい。朝のアッパッパの姐さんが麦酒を持って来て話しこむ。秋田から流れて来た芸者だという。女川の草餅の話をする。隣室に客があがる。この姐さんが出て行って驚くほどうまいおばこを唄う。此世の外貌は内なるものを平気で無視する。旅人は唯一塊の夜の断片としてしか女川をうけとらずに眠ってしまう。

【解題】

光太郎にとって三陸で初めて歩き回った、女川の魚市場や街で出会った人々の印象は強烈であったらしく、旅の後で、親しかった詩人草野心平に、冗談めいて語ったと言います。

なにしろこっちは筆屋かなんかに思われてるんで、その点は旅中助かったな。女川っていう宮城の港ね。あすこは鯨とりを主にしている漁港だけど、魚くさい女にひっぱりこまれて弱っちゃったな。

それはちっとも弱った風の話し振りではなかった、と付け足して

ビールもおいてるミルクホールみたいなところ、その土間で女がチャールストンを踊りだしてね……また一緒に行こうかしら、花巻へ電報打って宮沢さんに来てもらって、ウンとのむ、フフ。

チャールストンは脚を跳ね上げながら軽快におどるダンス。第一次大戦後アメリカの港町チャールストンで始まったと言います。

光太郎の三陸旅行の話を伝え聞いた花巻の宮沢賢治は、光太郎が寄ってくれないだろうかと、ほんとに心まちに待っていたと、弟の清六に聞いたことがあります。旅の計画は七月の終り頃には、当然のことですがもう立てられていたでしょう。八月五日の盟友水野葉舟《ようしゅう》宛ての書簡には、「二三日のうちに岩手県の方へ旅行に行こうと思っている」と報じた後で、「遠野物語の地方へゆくわけですが、多分遠野や盛岡へは廻れないでしょう」と書いているのは、花巻も含む初めの計画を暗示しているのかも知れません。

草野はその頃の賢治の手紙の「高村光太郎氏に

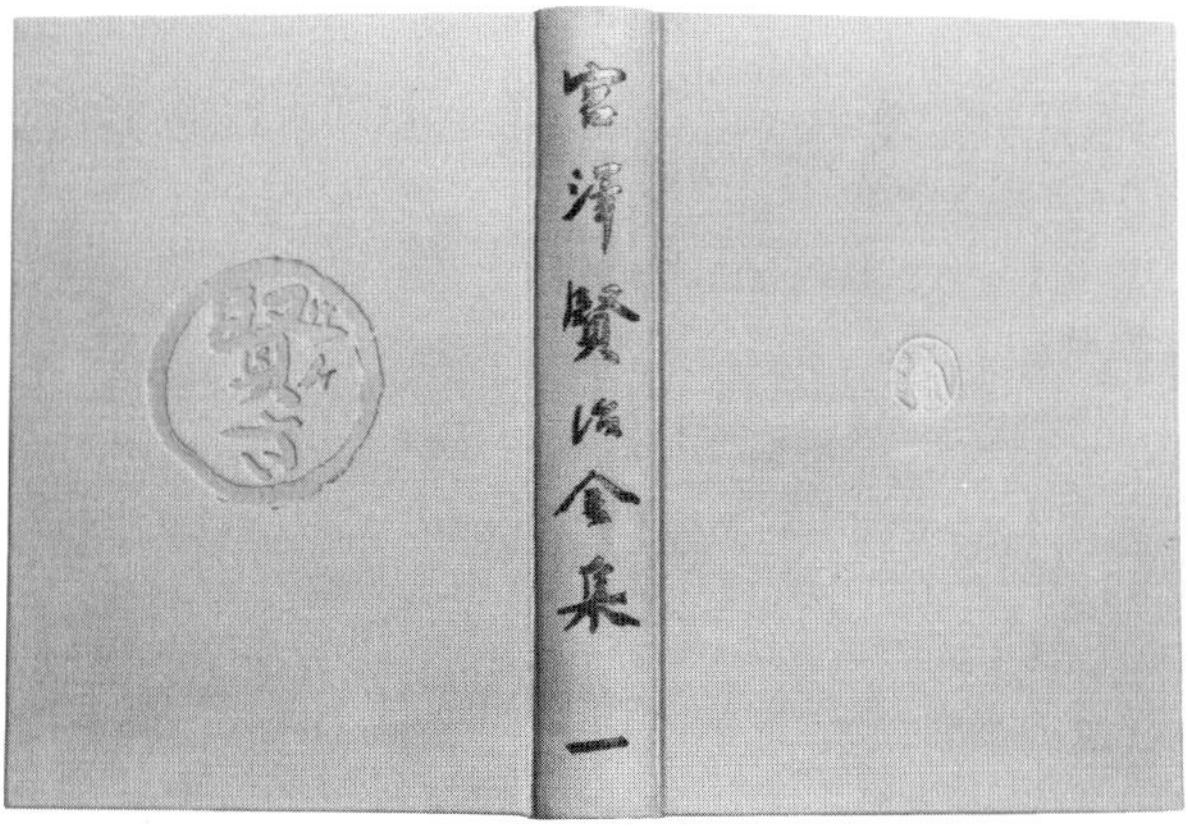

光太郎が装丁した『宮沢賢治全集　一』カバー(昭和31年、筑摩書房刊)

はまことに知遇を得たし。以て芸術に関する百千の疑問を解し得ば」という文面を記憶していますが、二人とも作品を介して賢治を高く評価していながら、その生活や環境については何も知りませんでした。彼が一生酒を呑まなかったことも、あと数年の生涯だったことも。

おばこは秋田、山形の民謡。おばこ節の一つで、大正後期から全国に広まっていました。およそ次のような歌詞で歌われます。

おばこナ（ハイハイ）なんぼになる（ハイハイ）
この年暮らせば十と七つ
（ハアーオイサカサッサ　オバコダオバコダ）
十七ナ（ハイハイ）おばこなど（ハイハイ）
なにしに花コなど咲かねどナ
（ハアーオイサカサッサ　オバコダオバコダ）
咲けばなナ（ハイハイ）実もやなる（ハイハイ）

咲かねば日陰コの色紅葉
（ハアーオイサカサッサ　オバコダオバコダ）
おばこナ（ハイハイ）心ろもち（ハイハイ）
池の端のハスの葉のたまり水
（ハアーオイサカサッサ　オバコダオバコダ）

マルセーユはフランス南東部の地中海に開けた最大の貿易港。光太郎が最初にフランスに上陸した港でもあります。夜には盛んな歓楽街にもなったのでしょう。

七

気《け》仙《せん》沼《ぬま》

光太郎画「漁船の満艦飾」

女川から気仙沼へ行く気で午後三時の船に乗る。軍港の候補地だという女川湾の平和な、澄んだ海を飛びかう海猫の群団が、網をふせた漁場のまわりにたかり、あの甘ったれた猫そっくりの声で鳴きかわしている風景は珍重に値する。湾外の出島《いずしま》の瀬戸にかかるとそこらの小島が海猫の群居でまっ白だ。此島の蕃殖地《はんしょくち》としては青森県の蕪島《かぶしま》が名高いが、此の辺にもこんなに沢山棲んでいようとは思わなかった。彼等はいち早く魚群を見つけて其上に円陣をつくる。彼等と漁船とは相互扶助の間柄だと人がいう。「名ばかり」という礁を通り過ぎて外洋に出ると、船は南方二十余キロの金華山を後ろにして針路一直線に北に向う。水温二〇度、気温二七度、東方右舷の水平線に有るか無しかの遠洋航路の船が数分間置きに一定の煙を空に残してゆく。この水平線上の電信記号がいつまでも消えない。暮かかる頃、岩井崎《いわいざき》から奥深い気仙沼湾にはいる。湾内は浅瀬で、もう暗やみの水路が甚だ狭い。大浦《おおうら》の陸とすれすれに進み、浮標《ぶい》の灯をたよりに入港する。午後七時半。

船から見た気仙沼町の花やかな灯火に驚き、上陸して更にその遺憾なく近代的なお為着《しき》せを着ている街の東京ぶりに驚く。賑やかな海岸道路の宿屋には、もう渡波から此所に来ている虎丸一行御宿の大きな立札が出ている。玉錦一行の割当人名が出ている。私は或る静かな家に泊ったが、夏に旅行する者の必ず出会う旅館の普請手入というものに此所でも遭って当惑した。勉強な大工さんが夜でもかんかんやるのである。そうして在来の建方を「改良」して都会風な新様式に作りかえる。

柳田國男先生の「雪国の春」という書物をかねて愛読していた私は粗忽《そこつ》千万《せんばん》にも気仙沼あたりに来ればもうそろそろ「金のベココ」式な遠い日本

の、私等の細胞の中にしか今は無いような何かしらがまだ生きているかも知れないなどと思っていた。気仙沼には近年大火があったという。大火はほんとに業《ごう》をする。

翌日は朝からがんがん暑い此新時代の町を歩き廻る。社会施設の神経がひどく目につく。そういう事に余程熱心な自治体らしい。古刹《こさつ》観音寺にゆけば婦人会の隣保事業があり、少林寺の焼あとにゆけば託児所で子供が鳩ぽっぽを踊って居り、天満宮の山に登れば山上に公衆用水道栓があり、海の見晴らしにゆけば日本百景当選の巨大な花崗石の記念碑があり、あらゆる道路に街灯が並び、大きな新築の警察署があり、宏壮な小学校にはテニスの競技があり、学術講演会があり、一景島《いっけいじま》近辺へゆけば塩田何々町歩を耕地に整理して水田の何々町歩を得たという立札が立って居り、夜になれば鼎《かなえ》座に浪華節《なにわぶし》があり、シネマがあり、公娼が居なくて御蒲焼があり、銀座裏まがいのカフェ街には尖端カフェ世界、銀の星、丸善がある。「車引いて商売する。悪いことあるか」。朝鮮人のアイスクリイム行商が反抗する。「ある、ある」とお巡りさんが腕をねじって連れて行ってしまう。おそろしく至れり尽せりの外客整備に旅人はただ茫然として突き放されている。此日小高い山腹の曹洞宗木食上人《もくじきしょうにん》道場自在庵を訪《おとな》う。洒脱な住職が慧海《えかい》師将来の西蔵仏《さいぞうぶつ》などを見せてくれた。「私は山形の画かきでありますがごらん下さい。お志があれば紙代でよろしい」と突然縁がわに軸をひろげた人がある。住職は、「此寺は貧乏寺でな、お盆前では御交際も出来ません、お盆にでもなれば何ぼか貰いがありましょうが」と断っている。画家は又軸を包んで横に背負い「御縁があったらまた」といってとぼとぼ山を下りて行く。

私は忽ち海が恋しくなって其夜十時、遂に気仙沼の新調の洋服を見ただけで、釜石行の船に乗る。

【解題】

女川から気仙沼まで四時間半の船旅。女川に軍港、商港予定地として、築港計画が企てられたのははるか昔、明治十九年のことですが、これは実現しません。気仙沼町はしばしば大火に襲われましたが、大正四年二月五日、乾燥期と折からの季節風にあおられて警察署、役場、郵便局、公立病院、寺院などの中枢部を含む街の三分の二にあたる一〇六四戸が焼け、近くは昭和四年二月二十三日のこれも強風にあおられて焼失戸数九〇二戸、被災者四九二三人を数えました。その復興の東京ぶりの目覚しさは、むしろ光太郎を苛立たせます。恐ろしく至れり尽くせりの外客整備に、美しく自然な港町と素朴な人情を期待していた旅人は、ただ呆然として突き放されるのです。大火に対抗する都会風の整備もいい。しかしみちのくの人々の心の中にしかないあの大事なものはどこにいったのだろう。

大正十二年に東京も関東大震災という未曾有の災禍にあいました。その復興について光太郎はこう提言しています。

事に当る者は各自専門の知恵を絞って、各方面から無くてはならぬ諸般の施設に力をつくすがいい。ただ最後の決定に到達しようとする時、一切を被う「美」の標準を顧るがいい。美にそむかぬものである事を期するがいい。美を無視して事を敢行する者はきっと罰せられる。美に詢《はか》る事を知らない無智の心はきっと後悔する。死活の問題、非常の事を処理する時に美を説く者があってもかならずしも驚くに及ばない。……

応急は拙速をむしろ尊ぶが、都市計画だけは皆が忍耐してじりじりやりたい。皆が共同して愛恋するに足りるミヤコを造りたい。此処五六年は応急状態の覚悟で生きよう。その中で勇敢に戦おう。そして未来を出来るだけ間違なく築き上げよう。

（「美の立場から」大正一二・一一・四〜八『報知新聞』）

復興しなければならないのは「在来の建方を改良して都会風の新様式に作りかえる」ことではありません。取り戻さなければならないのは、柳田國男が『雪国の春』（随想集　昭和三・二　岡書院刊）で捉えたように、東北の実態を見据えることによって、日本の近代化軌道を問い直そうとする、あの一人一人、体にまで沁みこんだみちのくの心です。見かけだけの新調の洋服や、目の前の便利さではない筈です。

南部牛追い唄が「田舎なれども南部の国は　西も東も金の山」と歌うあたり一帯で、「金のべココ」として語り継がれている伝承とはおよそこんな話です。

金坑の奥には牛（べコ）が臥せた形をした親金があって、此れを手に入れた者は大金持ちになれる。欲にかられてそれを掘り出そうとした鉱夫たちの上に、忽ちその坑が崩れ落ちてみんな生き埋めになってしまう。平素愚かだとさげすまれながら親孝行な牛徳《おそとけ》という男だけが、一人何者かの声に導かれて助かり、幸せな生涯を送る。

玉錦は大相撲のこの頃の東の大関。五月場所の後の地方巡業だったのでしょう。この場所の横綱は引退したあとで、欠けていました。

慧海師はチベットから大蔵経をもたらした河口慧海。光雲とも光太郎とも面識があり、その木像を手掛けたりしています。

八　夜の海

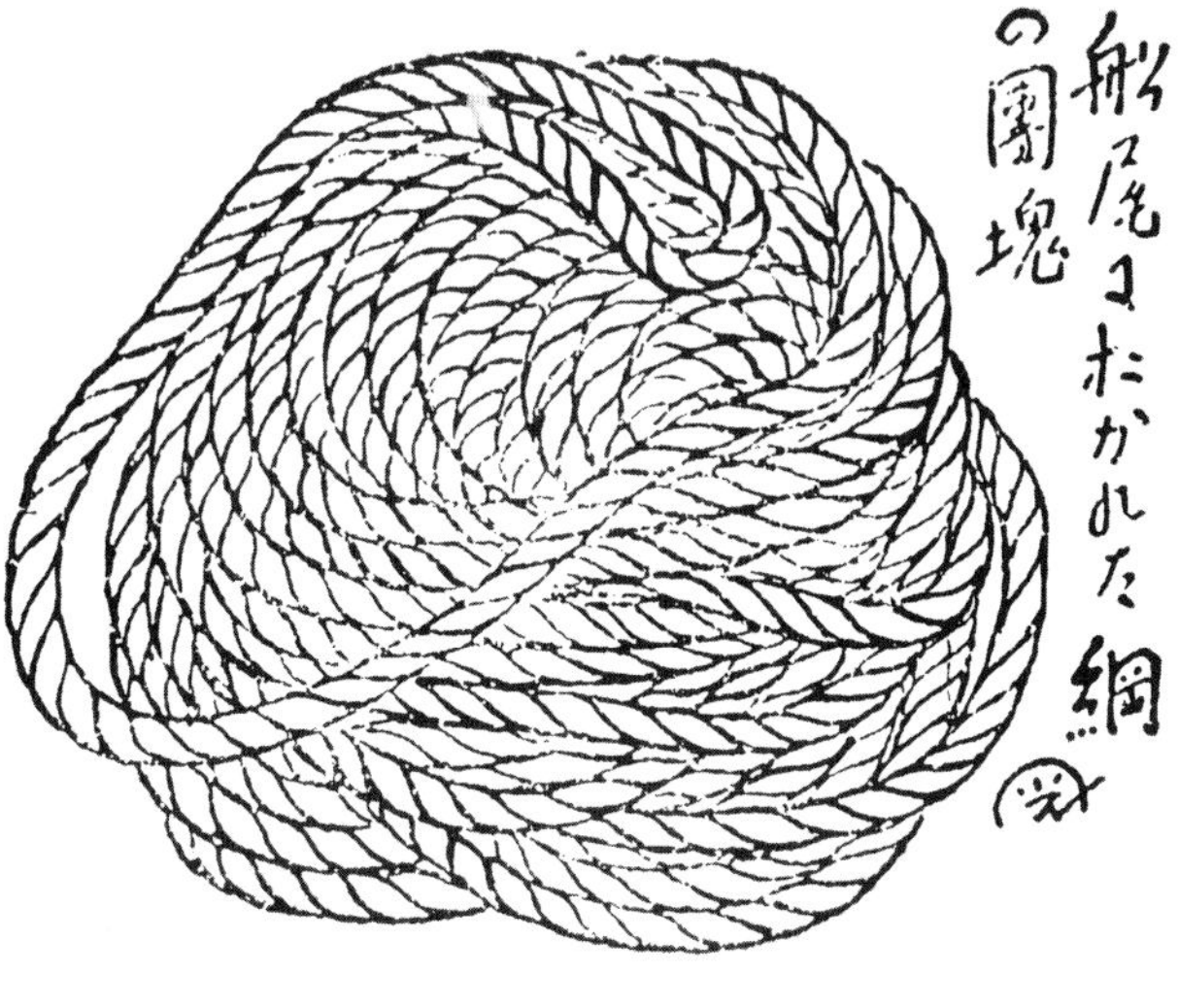

光太郎画「船尾におかれた綱の団塊」

若し此世が楽園のような社会であって、誰が何処に行って働いても構わず、あいている土地なら何処に棲んでも構わないなら、私はきっと日本東北沿岸地方の何処かの水の出る島に友達と棲むだろう。そこで少し耕して畠《はた》つものをとり、少し漁《すなど》って海《うみ》つものをとり、多く海に浮び、時に遠い山に登り、そうして彫刻と絵画とにいそしむだろう。船は私のなくてならない恋人となるだろう。私は今でも船のある処は時間の許す限り船に乗る。船と海との魅力は邃遠な時空の故郷にあこがれる私の生物的本能かも知れない。曾て海からはい上って来た私の祖先の血のささやきかも知れない。船の魅力は又闇をわけて進む夜の航海に極まる。其は魂をゆする。

夜の十時に気仙沼を出た小柄な東華丸は何処へも寄らずに釜石までゆく。

夜の海は私を寝かさない。私は舷側に立って珍しいものを見るようにいつまでも海の闇黒を見ている。むしろ寒い。船員は交替時間にどしどし船底へ行って眠るのが本務だ。客の好奇心などに構っていられない。五六人の船客も皆ねた。私は一人で露地裏のように狭い左舷右舷の無言のレエヴリイを楽しむ。十一時半。船が気仙沼湾の大島の瀬戸をぬけて御崎《おさき》を出はずれ、漁火《いさりび》のきらめく広田湾を左に見て外洋の波に乗る頃、むっとする動物的空気の塊に肌が触れる。殆ど無風。何かが来たと思うまもなく船は二、三秒で、ガスに呑まれる。まだ頂天の星の光はおぼろに見えるが、四辺は唯この青くさい不透明な軟かい物質の充満だ。船は眼そのもの、耳そのものとなる。ちんちんちんと低い鐘が三つ鳴る。又一つ。機関の音がぱたりと止み、船はうねりの横波の中で停る。急に静になった舷側をぱちゃぱちゃと水がうち、盥《たらい》のように船はゆれる。針路の漂蹰《ひょうちゅう》をなおす為か、舵《かじ》の鎖が重く強く長くずるずると音を立てる。船首の灯火が闇黒の世界にぼやけた暈《かさ》をつくる。十分、二十分。依然たる寂寞。やがて三点鐘。又一点。機関は再び呼吸を始める。微速前進。船は幾度か考えなずむように又停り又進む。

私はランプの光も届かぬ一隅に蟠《わだかま》って船の動揺に身を委《まか》せる。其は精神のリトムに似ている。船は高まり尽すと瞬間のたゆたいを持つ。やがて脳底に或る恍惚の空虚をつくって急速にすべり落ちる。精神の恍惚も亦かかる境に生れる。其は高揚された次の瞬間であり、急速な落下の前兆である。宗教的法悦を人は最高なるものの証《あかし》とする。実は最高なるものを通過したあとの落下を意味する甘美な空虚の境である。創作上の陶酔も此に似る。人に与えられた其は微妙な自然の報酬であると共に、もう役済みの通知でもある。精神は幾度か此の高揚と落下とを経験しながら前進する。その時こそ波高の常よりも大なる事を意味する。斯かる時人はおのれを超える。

いつ知らずうとうとするまに、「快挙録」で知っていた綾里《りょうり》や、越喜来《おっきらい》や、海嘯《つなみ》惨害の甚大で聞えた吉浜《よしはま》を濃霧の中に通り越し、しらしら明けの空に尾崎の三角岩があらわれる。やがて船はもういいというように勢よく汽笛を鳴らして釜石港の午前六時に挨拶する。

釜石の桟橋ではもう漁船が水揚している。老婆の一団が烏賊《いか》を割いていゐる。東華丸に別れて私はお婆さんの一人に宿をきく。急に陸上の雑音が生きかえる。耳の孔があいたようだ。

【解題】

夜の十時、三陸の海を八時間、光太郎は一気に釜石に渡ります。冒頭の一節とともに、暗い海の、時にガスが立ち込める眠れない夜の印象は特に心惹かれます。釜石で改めて推敲されたという詩「霧の中の決意」は、この時光太郎が置かれていた時代と環境の中での、深い思いに誘います。レエヴリイ（reverie）は空想、物思い。

霧の中の決意

黒潮は親潮をうつ親しほは狭霧《さぎり》を立てて船にせまれり

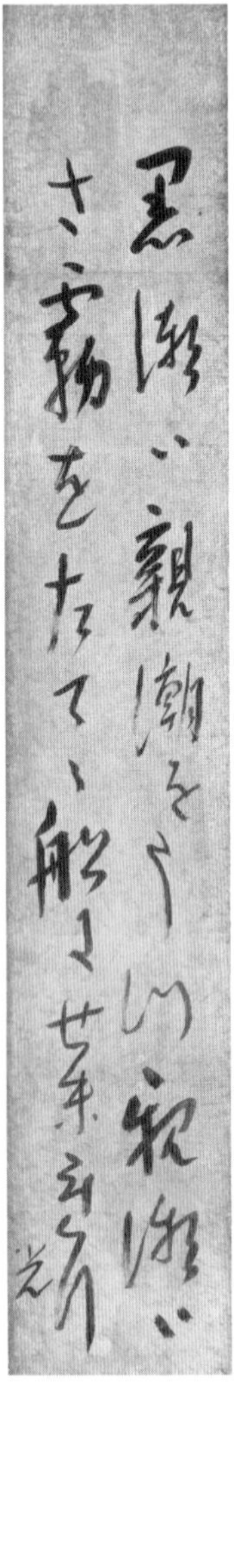

光太郎書・短冊「黒潮は親潮をうつ親潮はさ霧をたてゝ船にせまれり　光」（昭和6年）

輪舵を握つてひとり夜の霧に見入
　る人の聴くものは何か。
息づまるガスにまかれて漂蹰する
　者の無力な海図の背後《うしろ》に指さす
　ところは何か。
方位はただ公式のみ、距離はただ
　アラビヤ数字。
右に緑、左に紅、前檣《ぜんしょう》に白、それ
　が灯火。
積荷の緊縛、ハッチの蓋、機関の
　油、それが用意。
霧の微粒が強ひるのは沈黙の重圧。
　気角の抹殺。

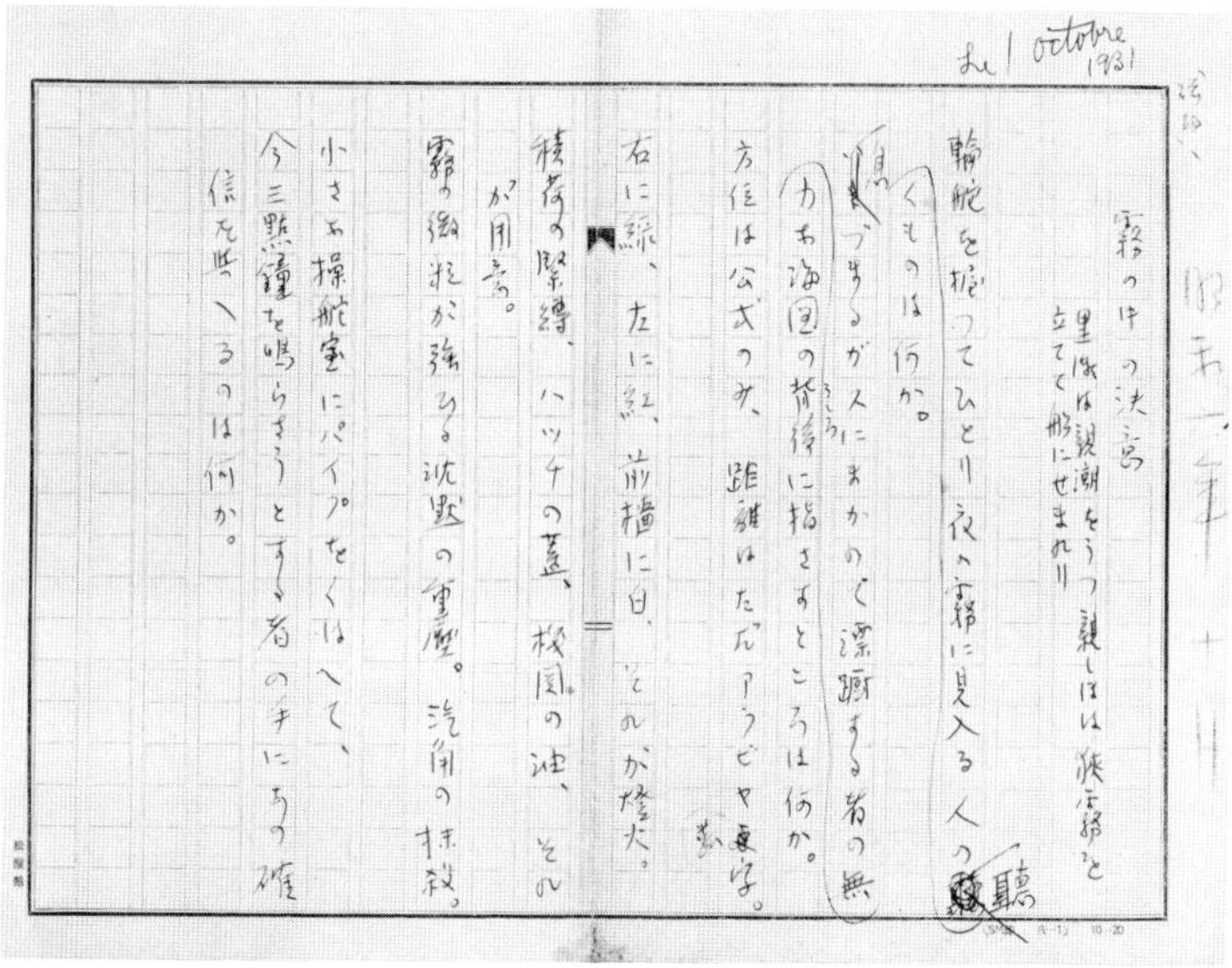

詩稿「霧の中の決意」

小さな操舵室にパイプをくはへて
今三点鐘を鳴らさうとする者の手にあの確信を与へるのは何か。

（昭和六・一一『磁場』三）

題名のあとに短歌が一首添えてあります。ちょうど金華山沖で南から来た黒潮と、千島から来た親潮がぶつかります。そのため豊かな漁場ともなるのですが、たくさんの水蒸気を含んだ黒潮が冷たい親潮の上にのしあがると、霧が生れます。狭霧というとちょっとした霧のようですが、船はたちまち迫ってくる濃霧の中につっこんでゆくのです。まるで今生きている時代を象徴するように。もう何も見えません。舵をにぎる船長は全神経を集中して見えない霧の奥に眼を凝らし、どんな音も聞き逃しません。霧の海に漂う船に、もう海図は役に立たないのです。いま何処にいるかさえ分からない霧の中では、距離を示す数字は、ただのアラビヤ数字の羅列にしか過ぎません。右舷左舷、そして帆柱の三つの灯がかろうじて船のありかを示しています。そんな海に立ち向かうためには、積荷をしっかり縛ること、ハッチの蓋を閉めること、そして油の量を確かめること。かすかな光の中で激しく渦巻く霧の微粒が緊張した沈黙を強いるし、霧笛も押し殺されたようにしか響きません。

そんな時、操舵室の中でパイプをくわえ、いま全速前進の三点鐘を鳴らそうとするあの船長の確信はどこから来るのでしょうか。たとえば一点鐘は停止、二点鐘は後退を意味するといいます。霧は実際に光太郎が三陸の海で経験したことですが、ここで自分自身にも、この詩を読む人にも問いかけているのは、自分たちが今置かれている状況、世界が戦争に巻き込まれてゆこうとする、濃霧のような時代の到来の中での、生きるための決意だと言っていいでしょう。今この美しい三陸の自然や人の中にいて、その裏側で日々の身辺に確実に襲って来る、混沌とした世界。その道を歩むために、何が必要なのか、それを支える確信をどうしたら持つことができるのか。それが光太郎が問いかける問題、みずからが考え続ける問題だったに違いありません。

そして呟くようにもう一つの詩「ゆつくり急がう」の覚悟が続きます。

気圧計《メートル》に予言を強ひるのはおろかです
針が動くのは現在が動く事に過ぎません
真鍮の金物が光つてゐて何となく清潔です

中心は南微西を一点だけねてゐ
　ます
七十浬《かいり》内外だと針がいひます
危険象限をのりきりますか　あ
　の半円を

さわぐには及びません　やる事
　をやりなさい
威張るには及びません　頭をは
　つきり持ちなさい
昔からたくさんあつた事が来た
　までです
　(昭和六・一二『文学製作』一)

この詩が作られたのは、『三陸廻

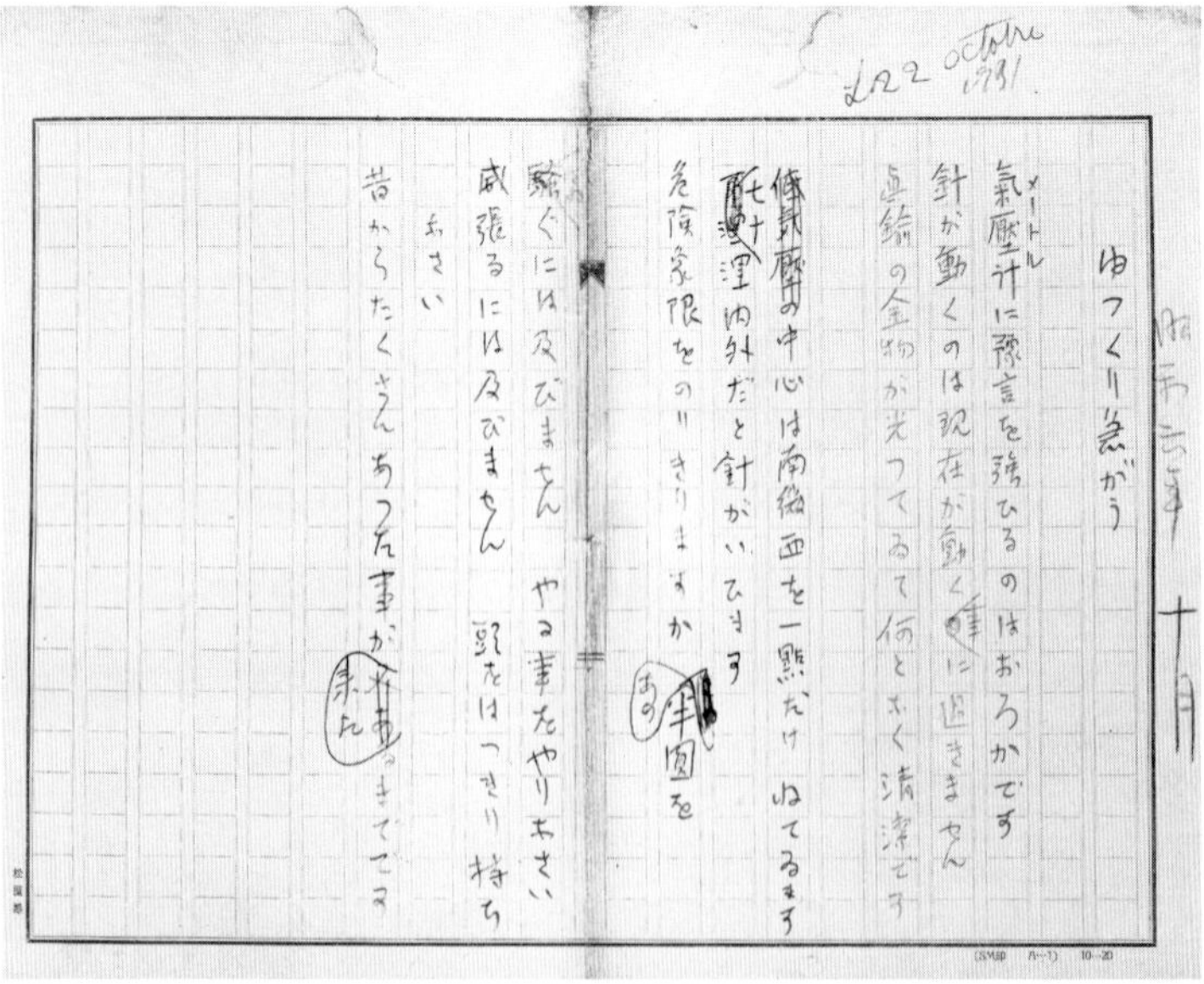

詩稿「ゆつくり急がう」

り八』「夜の海」が新聞に掲載された十月二十日の二日後、二十二日のことですが、奉天郊外で満州事変が起ったのは光太郎が三陸から帰った直後の九月十八日、翌日その第一報が臨時ニュースで放送されました。中国との十五年戦争の発端となった事件です。単に夜の海だけでなく、周囲に渦巻く世界の情勢は、どんなに光太郎の心を強く占めていたことでしょう。これらの詩を理解するためにも、夜の海での感想の底にながれる思いを感じ取るためにも、その状況を無視することは出来ません。

この時期は反面、プロレタリヤ文学の一つの峰でもありました。光太郎の知っていたという「快挙録」は、当時この分野で活躍していた片岡鉄兵の中篇小説「綾里村快挙録」（昭和四・二『改造』）です。岩手県気仙郡綾里は良質な鮑《あわび》の豊かな産地ですが、ほしいままに村を支配して漁民を搾取する権力者に対して、漁民が立ち上がるそんな経緯が描かれます。

単に「快挙録」と書いただけで新聞の読者がその内容を理解したとすれば、多くの読者の意識のありようは自ずから推察されます。そしてそれは早くから光太郎も持つ現状変革の精神とも響き合うものでした。我慢強く意思を貫き受け継がれた、みちのくの心でもありました。

明治二十九年六月に三陸一帯を襲った大地震やそれに伴う大津波は綾里や越喜来村、吉浜村を含む岩手県気仙郡だけでも、人口の二割あまりが亡くなり、吉浜に至っては、二二・四メートルと推定される津波に、全滅に近かったと言います。

このあたりの三陸沿岸は県道すらも不充分で、三陸汽船は入り組んだ半島を一つ一つ廻り、越喜来、小白浜《こしらはま》を経て朝早く釜石の港に入ります。

九　釜石港

光太郎画「よしきり鮫による構図」

烏賊割きのお婆さんが桟橋近い宿屋へ連れて行ってくれる。早朝の旅館は落付かない。帳場で休む。いなせな主人は私をじろりと見て「東京の景気はどうです」という。「さあ」。「御商売の御視察ですか。やっぱり船の方の御関係で」。「船の方じゃありませんが……」。「釜石はどうも此の処いけません。此間少し好かったようでしたが、何しろ海産の景気次第の土地ですから」。私はすっかり商人にされてしまった。藍微塵の木綿縮みで、紫金色に陽に焼けた私自身を思う。

朝食をすまして、(ついでに書くと此沿岸地方の宿屋の朝食はどこでも晩食のような御馳走だ。こういう習慣と見える。)河岸《かし》の魚市場へ行く。例によって鮪の大行列。獰猛なヨシキリ鮫が十数本。此は多く首が無い。船へ引上げる時漁夫の腿へ咬みつくので大抵其場で首を切るのだと教えてくれた。肉は蒲鉾の材料にしかならないが、鰭が乾物になって輸出されるという。鯖の山。スルメ烏賊。まっかな四角な大きなヒシ鯛。転がっているカジキの首を写生していると漁夫がのぞく。そしていう。「ああむざんなるカジキの首よ」。組合の仲間がどしどし値をつけて片づけてしまう。埠頭の氷屋でアズキアイスというものがひどく売れる。私も其処で一休みして町の見物に出かける。

釜石鉱山精錬場のある鈴子《すずこ》まで一本道路の活気満ちた昔風な町だ。いつもするように小高い山へ登る。薬師堂には弓の道場があって青年が弓を引いている。赤松の山頂から左に釜石湾、右に鈴子の鎔鉱炉が見える。近代工業の機械風景が不思議に四隣の山と海とに調和する。スケッチしながら思うのは自然の持つ調和力だ。人工と人工とは衝突する。自然と人工とは衝突といいえない程一方が大きい。僅少の叡智《アンテリジャンス》を以てすれば人工はそう容易に自然を犯すものでない。ただ此の僅少の叡智だけが人間への重大な負荷だ。山を下りて石応寺《せきおうじ》という大伽藍で専門の研究を遂げ、更に町の裏から裏をぬけて海岸に出る。横丁に屋台店の飲み屋が並ぶ。その一軒でぼりぼりする蕎麦をくう。女性は皆白粉臭い。涼しい処をたずねると鈴子の山に別府温泉があるという。

　バスで鈴子へゆく。橋を渡ると青年工夫が三々伍々歩いている。倶楽部の前で下りて河原に出る。河原の前に広大な広場があって、其処に物々しい構造の基礎を持った銅像が二つ、空瓶のように立っている。遺憾ながら甚だ拙い。地方の銅像には馬鹿らしい程まずいのが多い。私も曾て助手として地方の銅像をいくつか作った。中で岐阜の山奥に立っている質朴な村長さんの銅像に愛着がある。あの猫背のフロックコオトにはアンチテ　プラスチックがある筈だ。此銅像を見ている時子供をおぶった四十男が私の後ろを通る。

其人が金持の馬鹿と子供に言ってきかせている。事件があるなと私は思う。行って見ると別府温泉はただの湯屋だ。又河原へ下りて青年達の水泳と釣とを見て数時間を過す。工夫やその家族の遊び場らしい親密な空気。「どこからござらした」などと私にきく。河原をあさって石榴石《ざくろいし》の標本を探したが余り重いので又すてる。電信柱に時事新報地方版独立の広告が大きく貼ってある。

釜石の夜は平凡にシネマをのぞき、淋しいカフェをのぞき、暑い宿屋の蚊帳の中で海の詩や歌を書きなおし、そのうちぐっすり寝てしまう。陸上の寝床は動揺しないで固いなどと思いながら。

【解題】

釜石港は湾口が入り組んでいて風波少なく、良港として知られていましたが、特に西境の仙人峠から北に続く峰々は、古生層石灰岩が閃緑岩に入りこんで変質した多量の磁鉄鉱がこの国最大の鉄鉱床をなし、古くから採掘が続いていました。そして、港に近い鈴子に精錬所が出来てからは、鉄の都として知られます。その釜石も明治二十九年の大地震や津波に、吉浜同様壊滅的な被害を受けました。しかし取り巻く海や山の自然と、復活した溶鉱炉の機械風景とは不思議な調和を持つと、スケッチをしながら光太郎は思います。人工どうしは衝突する。しかし自然と人工は衝突といえないほど一方が大きい。人間に僅かな叡智があれば、人工はそうたやすく自然を犯さない。ただその僅かばかりの叡智が人間に科された重大な責任なのです。

石応寺は恐らく古い開基を持つ、曹洞宗の明峰山《めいほうざん》石応禅寺。度重なる災禍に地も資料も変遷しましたが、光太郎が関心を持ったのは、残された建築や仏像だったでしょう。

地方に建つ銅像について書いた「アンチテ　プラスチック」にどんな彫刻上の術語をあてはめればいいのか分かりませんが、光雲の名で実は光太郎が作った岐阜の山奥の有徳な村長さん、浅見与一右衛門の銅像については後に書いています。

それが猫背のフロックコートを着て膝のとび出したズボンをはき、シルクハットを持っているところをこさえたのである。モデルのとおりにこさえたけれど、そんなに悪くないはずだ。

銅像のしきたりに従って作った、一見威厳のある、取り澄ました彫刻ではなしに、有徳な人間そのものの存在をありのままに表現したというこの作品は、大正八年四月、恵那郡岩村町に除幕されましたが、戦時中に供出されて、もう存在しません。恐らく当時の銅像の一般的な理念とは対照的な造型を意図したのでしょう。

「浅見与一右衛門銅像」
（ブロンズ、大正8年）

十　宮古行

光太郎画「鍬崎にて」

釜石の魚市場で写生していると第二三陸丸という二百屯近い定期船がはいって来る。正午に宮古へ出発するという。急に又乗りたくなって本社で切符を買う。本社の晴雨計が七五六。今日は船客が多く、中に樵夫《きこり》の一行が八九人いる。大鋸《おが》や斧や鉈《なた》を蓙《ござ》にくるんで銘々に背負っている。上甲板のテントの下を此人達は占領する。私も上甲板に立つ。船の出帆は毎日の事でも飽きない見ものだ。二度目のボーが鳴って急に暗車が水をかき立てる。港の河童がクロオルであとを追いかけて来る。樵夫は此地方の職業人か、それとも此があの山窩《さんか》まがいの木地師というものか。一団は一族のように仲がよく、しかも他人を中々寄せつけない。船が出はじめると一升瓶を出して皆で飲み、ちょっと聞きとりにくい言葉で快活に語り合う。長老のような一人が岬や山を指して、此前誰がやったのはあの山だとか、あの岬は足場が悪いとか教えている。若者が海へ吐く。皆船に弱いと見えてそのうち一人残らず横になって黙ってしまう。此人達からいろいろの事をきく機会を逸したのが後で惜まれた。

日本の沿岸は何処へ行っても松が多い。松の木の日本、といって一詩人は讃嘆する。松が多過ぎる、といって柳田先生は慨歎する。私は別に其を苦にもせず、又松だけがいいとも思わない。しかし松に馴れた目に此の釜石湾外の古生層の岬々に密生する濶葉林は甚だうれしい。私は緑色を好む。それで紺青の空と海とに挟まれた陸上の濃緑色の展望を見て喜ぶ。船は左にオイデ崎の白い岸壁、右に岩の黒い三貫島《さんがんじま》を見て北東に進む。無人島らしい三貫島は険阻な懸崖で海中に屹立する。岩は皆三角形に組み合わされて幾何学図形を形成する。何かありそうな様子が「モンテクリスト」を思わせた。思いがけない奇形に富んだ海岸に沿いながら船は大槌《おおづち》に寄り、山田に寄る。やがて海が暮れかかる頃、新聞の写真で見たトド崎の灯台を通過する。灯台で赤ランプを出す。船が答える。七時になるともう遠くなった灯台にぱっと火がつく。白灯。明暗か旋廻か、ゆるく息をついている。又暗い夜となる。銀河が近く光り、星が海に反射する。凪《なぎ》がいい。午後八時過ぎ、宮古の関門、世に唄われる南部鍬《くわ》が崎《さき》の何となくなまめかしく、しかも灯火のさびしい埠頭につく。

鍬が崎の海岸通に町並はなく二番目の通が急に明るい。人力車が勧めるので此所から十余丁ある宮古の町まで乗る。鍬が崎は両側に大きな妓楼が建ち並び、門口に妓夫や女が立っている。旧盆前なので軒下で仏事の火を焚いている家もある。車上から物珍しげに左右を見まわす。一人の女性が、「何見ていやしんす」と、私をはやす。皆がどっと笑う。ひどくなごやかな所へ来た気がする。車は暗い切通しを越え、長い黒塀つづきの魚くさい河岸を歩いて宮古につく。

二玄社読者カード

ご購読ありがとうございました。今後の出版物のご案内、あるいは出版企画の参考にしたいと存じます。ご記入のうえご投函いただきますよう、お願い致します。

ご購入書籍名

●本書の刊行を何によってお知りになりましたか

1. 新聞広告（紙名　　　　　　）　2. 雑誌広告（誌名　　　　　　）

3. 書評、新刊紹介（掲載紙誌名　　　　　　）

4. 店頭　5. 図書館　6. 先生や知人の推薦　7. 図書目録

8. その他（　　　　　　）

●本書の内容／装丁／価格などについてご感想をお聞かせください

●ご希望の著者／企画／テーマなどをお聞かせください

●本書をお求めになられた書店名

ご職業		購読新聞		購読雑誌	

郵便はがき

料金受取人払郵便

本郷支店承認

4779

差出有効期間
平成25年10月
31日まで

113-8790

348

(受取人)

東京都文京区本駒込6-2-1

株式会社 二玄社

営業部 行

お名前	フリガナ	男・女	年齢　　歳
ご住所	〒□□□-□□□□　e-mail 都道府県		

電話　-　-　FAX　-　-

※お客様の個人情報は、小社での商品企画の参考、あるいはお客様への商品情報のご案内以外の目的には使用いたしません。
今後、上記のご案内が不要の場合は、□の中に✓をご記入ください。 □

思うに往古、宮古の建設者は、タスカロラ海溝に異変のあるたび大海嘯《おおつなみ》の害をうける海岸を避けて閉伊《へい》川を遡った地点に居をトし、却って此の川の方を玄関口にし、海岸を裏門にしたものであろう。その海岸の空地に一時的な娼家の出来たのが今の鍬が崎のはじまりではなかろうか。裏が今は表になっている。宮古は成程古い由緒ある町だと、一歩外を歩けばすぐ思う。落ちついた、深い、風格ある古典の町だ。蒸暑い夜空の下で夜店の市の立つ大通りへ其夜は行って人を見る。「トマト下さんせ」というような声が不思議に雅《みや》びだ。

極度に夏に弱い私が夏に負けなくなった。三陸の潮風と魚介とが私の中で渦をまき、羽ばたいている。

【解題】

「三陸廻り」の最終回は、写生中に出航する船を見て急に思い立った宮古行きで終ります。柳田國男は『雪国の春』の中で「日本の沿岸は何処へ行っても松が多過ぎる」(「松が多過ぎる」)と言って嘆きます。

この久しいマンネリズムの穴の底から飛出す為には、我々は最も勉強して旅を試み、又旅の試みを語らねばならぬ。白砂青松という類の先入主を離れて、自在に、海の美を説く必要があるのである。

自分は松の名所を以て世に知られた中国の一地方に生まれ、殊に目に映ずる鮮やかな緑、沖から通う風の響に親しみをもっている。しかも故郷に対する反逆であろうともまゝよ、今以て全日本を通じて、海の歌海の絵とさえ言えば、是非とも松の木を点出しようとする古臭い行平《ゆきひら》式を憎むのである。

行平は平安初期の歌人在原行平。須磨に隠棲して、能楽の「松風」や浄瑠璃、歌舞伎などの題材となりました。柳田は明治八年、兵庫県田原村に生れています。

光太郎はその言葉を受けて、自分はそれを苦にしないが、松だけがいいとも思わないと書き、釜石湾外の空と海に対比する潤葉樹林のいのち溢れる濃緑の輝きを喜びます。

宮古はリアス式海岸の北限、隆起式海岸に続く境目です。

三貫島は釜石港から北東約一一キロ、御箱崎《おはこざき》南端のオイデ崎から南東一キロにある無人島。「モンテクリスト」はむかし黒岩涙香《るいこう》が『巌窟王』と訳した大デュマの伝奇小説『モンテクリスト伯』。

トド崎は宮古の東に大きく突き出した半島の本州最東端にあたります。太平洋に面する一帯には、五〇メートル前後の崖が連続し、赤松の原生林に覆われたトド山を背景に、四〇メートルの白亜の灯台が建ちます。トドが集まることでその名がありました。

鍬が崎は宮古の北域を占め、早くから、下町の漁村と上町の歓楽街に分かれて、漁業基地として発展して来ました。

古くから度重なる宿命のような地震、大津波の災害を受けたこの町々をその都度見事に復活させたのは、ここに住む人々のどんな智恵によるものだったのでしょう。

この雅《みや》びな町のたたずまいを喜んだ光太郎は、三陸の旅で感じた溢れる思いを抱えて、それから何処に行ったのでしょうか。どんな経路で東京に戻ったのでしょうか。それを跡付ける記録は、何も残されていません。

「三陸廻り」から「みちのく便り」まで

北川太一

昭和六年という年

光太郎が一人三陸の夏を旅したのは、平成二十三年三月この地方が何度目かの大震災とそれに続く大津波に襲われた八十年前、昭和六年のことでした。昭和六年という年は、この国にとっても、光太郎や共に生きる智恵子の生涯にとっても、重大な分岐点だったと言えます。

「三陸廻り」執筆の頃の光太郎
（昭和8年、駒込林町のアトリエにて）

しかしそのことに触れる前に、まずそのあたりの前史を見ておく必要があるでしょう。

光太郎は明治・大正・昭和三代にわたる木彫の巨匠とうたわれた高村光雲の、明治十六年生れの長男。共に芸術精進の生活をしていたのは、明治十九年、福島県二本松に近い安達村生れの洋画家、酒造業長沼家の長女智恵子。
二人が共にアトリエに棲んだ直前、大正三年七月には初めの世界大戦が始まってい
て、それが終ったのは大正七年のことです。ロシア十月革命は前年に起り、大正十二
年九月の関東大震災を期に一気に盛り上
がった、人間の自由を束縛しようとする
政治と社会の矛盾は、大正十四年の怪し
げな普通選挙法と抱き合わせに、以後人
間の自由な考えを抑圧する端緒となる、
治安維持法の公布となって現れます。そ
れが昭和三年六月にたちまち改悪されて、
最高刑に死刑が加わり、おなじ月、大陸
では、関東軍の策謀で張作霖が爆死しま
す。社会主義者や自由主義者の大量検挙
は、三・一五事件（昭和三・三）、四・一

光太郎と智恵子（大正14年頃、駒込林町のアトリエにて）

六事件（昭和四・四）と続きました。

ながい世界経済恐慌の中で、昭和四年には智恵子の実家長沼家が破産し、一家は離散。そして昭和六年には満州事変が起るのです。中国での十五年戦争の開始です。北海道、東北はこの秋も冷害に見舞われました。

のら犬を主人公にして一世を風靡した漫画「のらくろ」誕生の年でもあります。明治以来この国を支えた富国強兵、立身出世の路線にのって、のらくろのような何でもない野良犬が軍隊にはいり、二等兵から段々偉くなってゆく、そんな漫画がますます世に迎えられるようになるのです。農村は疲れ、多くの若者は生活の糧を求めて、移民として、兵士として大陸に駆り出されます。

光太郎と智恵子

戦後の詩「美に生きる」で二人の生活を

一人の女性の愛に清められて
私はやつと自己を得た。
言はうやうなき窮乏をつづけながら
私はもう一度美の世界にとびこんだ。
生来の離群性は
私を個の鍛冶《たんや》に専念せしめて、
世上の葛藤にうとからしめた。
政治も経済も社会運動そのものさへも、
影のやうにしか見えなかつた。
智恵子と私とただ二人で
人に知られぬ生活を戦いつつ
都会のまんなかに蟄居した。
二人で築いた夢のかずかずは

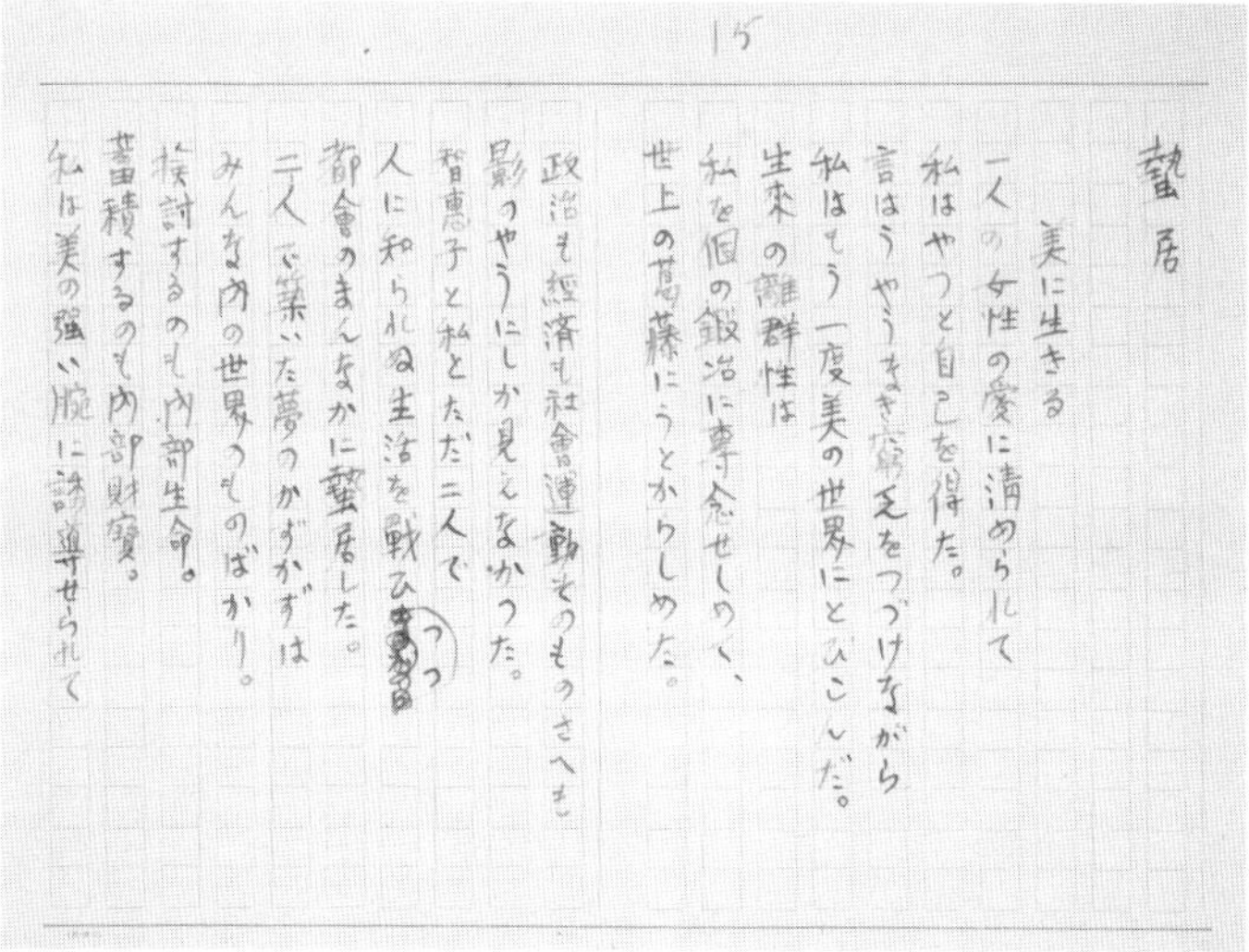
15

蟄居

美に生きる

一人の女性の愛に清められて
私はやつと自己を得た。
言はうやうなき窮乏をつづけながら
私はもう一度美の世界にとびこんだ。
生来の離群性は
私を個の鍛冶に専念せしめて、
世上の葛藤にうとからしめた。
政治も経済も社會運動そのものさへも
影のやうにしか見えなかつた。
智恵子と私とただ二人で
人に知られぬ生活を戦ひつつ
都會のまんなかに蟄居した。
二人で築いた夢のかずかずは
みんな内の世界のものばかり。
検討するのも内部生命。
蓄積するのも内部財寶。
私は美の強い腕に誘導せられて

詩稿「美に生きる」

みんな内の世界のものばかり。
検討するのも内部生命
蓄積するのも内部財宝。
私は美の強い腕に誘導せられて
ひたすら彫刻の道に骨身をけづつた。
（昭和二二・六「暗愚小伝」）

と歌った光太郎は、同棲以来ほとんど詩作から遠ざかり、昼間は彫刻、夜は読書と翻訳に時を過ごしましたが、彫刻研究からは、初期の塑像「手」や「裸婦坐像」の優作が遺されました。生活の糧はほとんど父光雲の彫刻の代作と、翻訳の僅かな原稿料でした。しかしそこから正続の『ロダンの言葉』やホイットマンの『自選日記』などの今も読みつがれる名訳が生れます。世は一般には「大正デモクラシイ」とし

『ロダンの言葉』函
（大正5年、阿蘭陀書房刊）

て一括される時代です。そして自ら「蟄居」と呼ぶそんな時代を経て、大正十年、雑誌『明星』の復刊を期に「雨にうたるるカテドラル」をはじめとする新しい詩や短歌や評論、翻訳など多彩な文学活動の時代が再開されるのです。

かつて影のようにしか見えなかった政治や社会活動が視野を大きく占めるようになったのもそんな時代です。光太郎を敬愛した宮沢賢治の童話集『注文の多い料理店』（大正一三・一二）などにも、そんな時代の風潮は明らかに見て取れます。そして光太郎の詩はおのずから、「猛獣篇」と呼ばれる時代に入るのです。

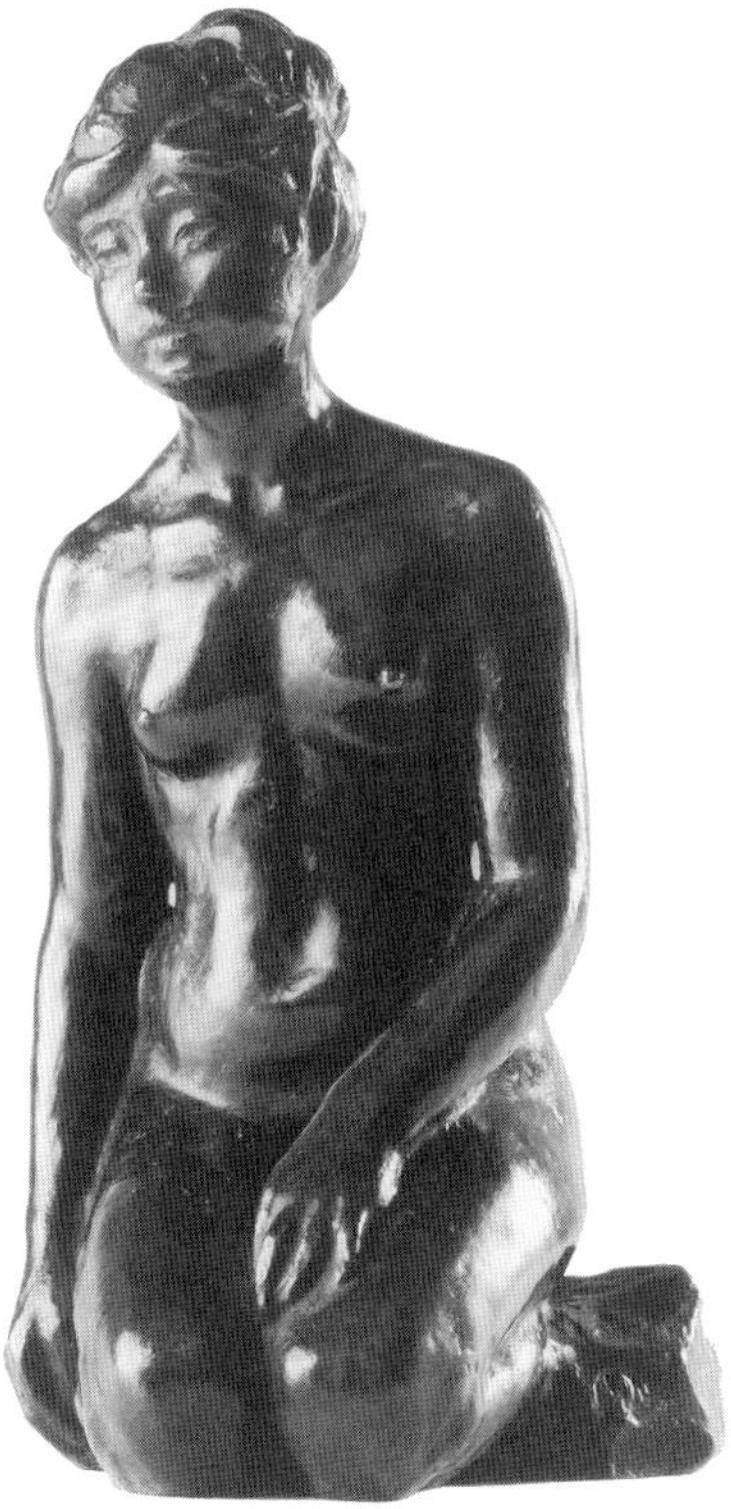
「裸婦坐像」（ブロンズ、大正6年）

ぼろぼろな駝鳥

何が面白くて駝鳥を飼ふのだ。
動物園の四坪半のぬかるみの中では、
脚が大股過ぎるぢやないか。
頸《くび》があんまり長過ぎるぢやないか。
雪の降る国にこれでは羽がぼろぼろ過ぎるぢやないか。
腹がへるから堅パンも食ふだらうが、
駝鳥の眼は遠くばかり見てゐるぢやないか。

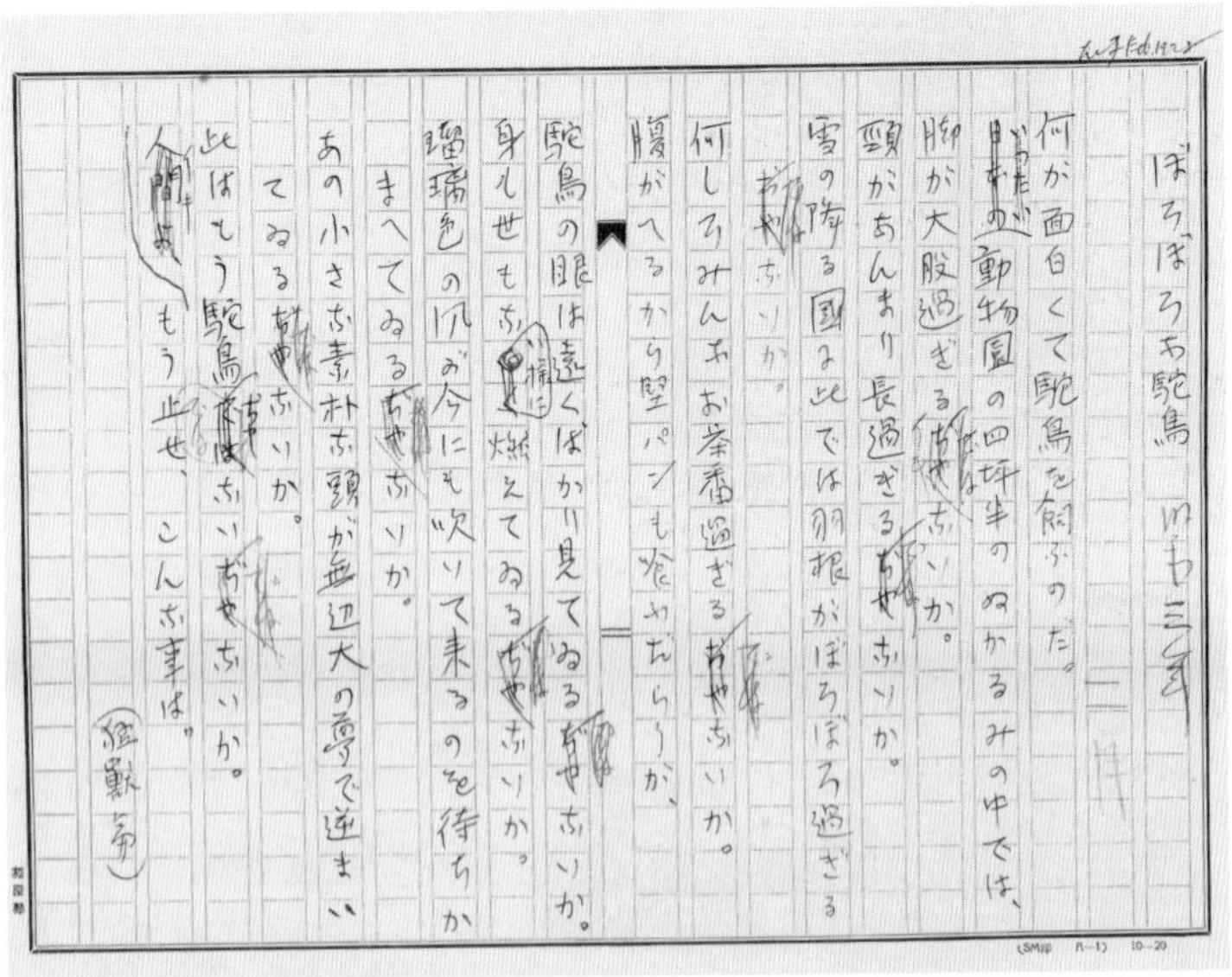
ぼろぼろな駝鳥
何が面白くて駝鳥を飼ふのだ。
動物園の四坪半のぬかるみの中では、
脚が大股過ぎるぢやないか。
頸があんまり長過ぎるぢやないか。
雪の降る国にこれでは羽がぼろぼろ過ぎるぢやないか。
何しろみんなお茶番過ぎるぢやないか。
腹がへるから堅パンも食ふだらうが、
駝鳥の眼は遠くばかり見てゐるぢやないか。
身も世もない様に燃えてゐるぢやないか。
瑠璃色の風が今にも吹いて来るのを待ちかまへてゐるぢやないか。
あの小さな素朴な頭が無辺大の夢で逆まいてゐるぢやないか。
これはもう駝鳥ぢやないぢやないか。
人間よ、もう止せ、こんな事は。
（猛獣篇）

詩稿「ぼろぼろな駝鳥」

身も世もない様に燃えてゐるぢやないか。
瑠璃色の風が今にも吹いて来るのを待ちかまへてゐるぢやないか。
あの小さな素朴な頭が無辺大の夢で逆まいてゐるぢやないか。
これはもう駝鳥ぢやないぢやないか。
人間よ、
もう止せ、こんな事は。

（昭和三・三『銅鑼』）

反日運動に阻まれ、留学半ばで中国広東から帰って、詩誌『銅鑼』を主宰する福島の詩人草野心平と親しみ、北海道弟子屈《てしかが》に住む更科源蔵や、山形の真壁仁ら農民詩人たちと沢山の書簡が往復されるのもこの頃からです。そしてかつて

北海道で地面の中から自分の命の糧を貰います。そして、今の日本の芸術界と没交渉な僕自身の芸術を作ります。地球の生んだ芸術を得ようとします。そして、

此が一面今の社会に対する皮肉な復讐です。僕は日本の東京の為めにどの位神経に害を与えられたか知れません。

(明治四四・四・八　山脇信徳宛)

と書いて、夢見た北方移住の願望が、再びしばしば現れます。

北海道はますます私を引きます。一つの新しい文化を其処に建設する事の夢想さへ又よみがえって来る事を予感します。

(昭和三・七・一八　更科宛)

ますます北緯五十度の方へ牽かれます。北海道で自分の生活と仕事とを大成したい念願が強まるばかりです。山へヒッコムのでは無くて前進するのです。人生への一つの道を開墾するのです。そこを根拠にして一つの生活と仕事と空気とを創りたい気がします。

(三・九・二五　更科宛)

東京はますます住みにくいし、今動く事の出来ない繋縛《けいばく》はあるし、小生はただじっと息を凝らしています。

（五・九・一七　更科宛）

大正八年のアンケート「好める土地」にただ一言「北海道石狩以北」と答えた光太郎を思い起こします。冬を熱愛し、自らを白熊に喩えた光太郎です。

更科に宛てた葉書の三ヶ月前、真壁仁にはこんな制作上の信条を送っています。

小生は現実生活をまともに生活し、正しく観察し、確かに記録する堅忍の努力が凡《すべ》ての基礎を成すものと思っています。製作はまずドキュメントからはじまります。小生の仕事は一面正直な人間記録をつくるところにあります。

（五・六・一八　真壁宛）

その心は「三陸廻り」と同じ年、二月六日に作られた詩「似顔」にも、「九　石巻」の「アンチテ　プラスチック」の意味をまさに解き明かすように表現されています。記録の意味の再確認です。

似顔

わたくしはかしこまつてスケツチする
わたくしの前にあるのは一箇の生物
九十一歳の鯰《なまず》は奇観であり美である
鯰は金口を吸ふ
――世の中の評判などはかまひません
心配なのは国家の前途です
まことにそれが気がかりぢや
写生などしてゐる美術家は駄目です
似顔は似なくてもよろしい
えらい人物といふ事が分ればな
うむ――うむ（と口が六寸ぐらゐに伸びるのだ）
もうよろしいか

仏さまがお前さんには出来ないのか
それは腕が足らんからぢや
写生はいけません
気韻生動といふ事を知つてゐるかね
かういふ狂歌が今朝出来ましたわい――
わたくしは此の五分の隙もない貪婪《どんらん》のかたまりを縦横に見て
一片の弧線をも見落さないやうに写生する
このグロテスクな顔面に刻まれた日本帝国資本主義発展の全実歴を記録する
九十一歳の鯰よ
わたくしの欲するのはあなたの厭がるその残酷な似顔ですよ

（昭和六・三・二八『詩・現実』四）

父が依頼された作品のために油土を持って写生に行った、大倉喜八郎（天保八〜昭和三）と対峙する光太郎です。大倉は大陸にも手を広げ、独力で大倉財閥を築いた大事業家。この時の状況を光太郎は自ら語っています。

大倉喜八郎さんの像は父の名前になっているけれど、僕が助手として原型をこさえるのだということをはっきり話してもらい、目の前でやった。父と大倉さんとが話している傍で、粘土を持っていって僕がはじめからこさえた。大倉さんは外蒙の旅から帰ったばかりの、近年にない意気潑剌たるところだから、それを遺しておきたいというので、作ることになったのである。この原型をもとにして木像をこさえたのであるが、原型の首は、後でストーブで焼いてテラコッタにしたのが、偶然のことでこわれてはいるが、今手もとに返っている。

（「遍歴の日」昭和二六・一一『中央公論』）

「大倉喜八郎の首」を制作中の光太郎（大正15年）

「大倉喜八郎の首」(テラコッタ原型、大正15年)

テラコッタの首には光太郎の指紋まで残っています。制作上のあくなき記録を通して、そのもの自体の内面の真実、生命を抉《えぐ》りだそうとするのは、既に光太郎の方法であり、「三陸廻り」もその範疇に他なりません。

これはその数年前、詩「首の座」に書いた究極の写実、写生も至ればいのちを再生するという覚悟と一貫するものです。

……

これが出来上がると木で彫つた山雀《やまがら》が
あの晴れた冬空に飛んでゆくのだ。

その不思議をこの世に生むのが
私の首をかけての地上の仕事だ。
……
このささやかな創造の技《わざ》は
今私の全存在を要求する。
この山雀が翼をひろげて空を飛ぶまで
首の座に私は坐つて天日《てんじつ》に答へるのだ。

(昭和四・一・二三作　『文芸レビュー』三月)

その頃の三陸

当時の三陸海岸の自然と人事を簡潔に要約して概観に便利なので、昭和四年十一月に出た『日本地理風俗大系4』(新光社)から「三陸の海岸」の項を抜粋しておこうと思います。

石の巻の東南海上には、牡鹿半島が遠く南に突出する。これから以北、謂わゆる三陸の海岸は、北上山地の海に臨んだ部分であって、……山谷直《ただち》に海に臨み、谷には海を入れて港湾となり、山はそのまま水に突き出して岬角《こうかく》となり、島嶼となり、リヤス式沈降性海岸の特徴を具備している。……

要するに、三陸海岸の最大の特相は複雑なる山地の辺縁が海中に沈降して生じた鋸歯《きょし》のような出入《しゅつにゅう》である。これあるがために、三陸海岸は到るところ景勝に富む。牡鹿半島から金華山の一帯、気仙沼湾から広田湾、大船渡湾と並んだ一帯、宮古に近い浄土が浜等、何れも到底常磐地方には見られぬ海岸の勝である。

またこの出入あるがために、三陸海岸には良港深湾が多い。女川、志津川《しづがわ》、気仙沼、大船渡、釜石、宮古等、何れも湾内水深く、風波に対して安全である。……

しかも同時にこの出入があるがために、隣接諸浜一々長角に隔てられ、その先端は断崖をなして人を通ぜず、数里の近きにある港湾間の連絡さえ、岬をめぐる長い海路か、山肢を越ゆる山道に頼らねばならず、まだ充分なる沿海道路も鉄道もできない。

加うるに、北上流域の交通路とは、北上山地数十キロの山道を以て僅かに連絡せられるだけで、これを貫ぬく鉄道としては、この夏始めて大船渡線の気仙沼まで達しただけである。

これを以て、三陸海岸は景勝相継ぐに拘らず、いまだ大《おお》いに世に知られたるもの少く、良港多数連りながら、いまだ大に利用せられず、交通の不便と後方地帯の狭隘とは、これを産業の門戸たらしむるに至らなかった。……

しかるに、今や大船渡線の北上山地横断を見、山田線また次第に盛岡から東に進み、岩手軽鉄と釜石鉄道とは将《まさ》に政府の手に帰して、仙人峠のトンネルを以て連ねられんとし、久慈線また北からこの海岸を延びるに至った。三陸海岸の面目を一新する日も遠くはあるまい。

新しい天地を求めて

むしろ生理が拒否する夏の盛りにそんな三陸に、ことに選んで光太郎を誘ったのはその北方への牽引もさる事ながら、その海と山に区切られ、むしろ交通不便なそのために残されたありのままの自然と、そこに生きる人間に触れることだったのかも知れません。そして病みがちな智恵子と二人、ほしいままに生きることを拒否するあの東京からの、強い脱出願望。

その東京の美術界での生活の現実を、光太郎は詩「似顔」の翌月、四月の詩誌『鬣《たてがみ》』に「美の監禁に手渡す者」として載せています。

納税告知書の赤い手触りが袂《たもと》にある、
やつとラヂオから解放された寒夜の風が道路にある。

売る事の理不尽、購ひ得るものは所有し得る者、

所有は隔離、美の監禁に手渡
すもの、我。

両立しない造型の秘技と貨幣
の強引《ごういん》、
両立しない創造の喜と不耕貪
食の苦《にが》さ

がらんとした家に待つのは智
恵子、粘土、及び木片《こっぱ》、
ふところの鯛焼はまだほのか
に熱い、つぶれる。

光太郎の作った木彫を懐に入れ

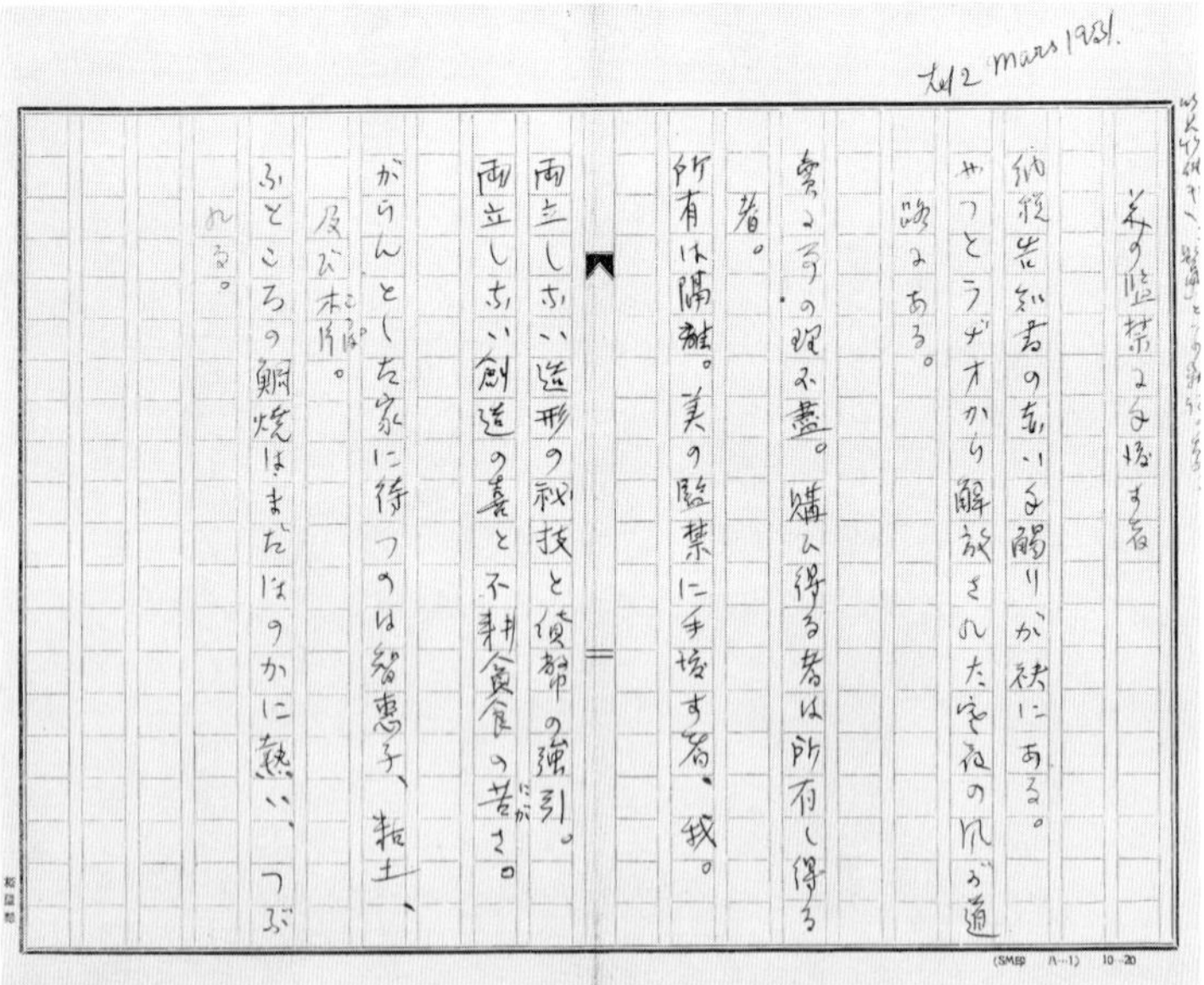
12 mars 1931.

美の監禁に手渡す者

納税告知書の赤い手触りが机にある。
やっとラヂオから解放された寒夜の風が道路にある。

売ることの理不盡。買ひ得る者は所有し得る者。
所有は隔離。美の監禁に手渡す者、我。

両立しない造形の秘技と貨幣の強引。
両立しない創造の喜と不耕貪食の苦《にが》さ。

がらんとした家に待つのは智恵子、粘土、
及び木片。
ふところの鯛焼はまだほのかに熱い、つぶ
れる。

詩稿「美の監禁に手渡す者」

てまで持ち歩いた智恵子。この詩の書かれた三月あまりのちの六月二十八日、そんな智恵子の不思議な手紙が東京府下中野町の母長沼せん宛に投函されています。

○高村にはやはり何もいわずにしまいましょう。じき出てしまえば、いわなくてもすむのだから。それで　もし高村が用事で旅行にでも出かける事があったら、其時、早速しらせますから、こちらへ来て下さい。そうでない時はお互に、だまっていましょう、福島にいる事にして。私も金をとる仕事をしたいと思っています。

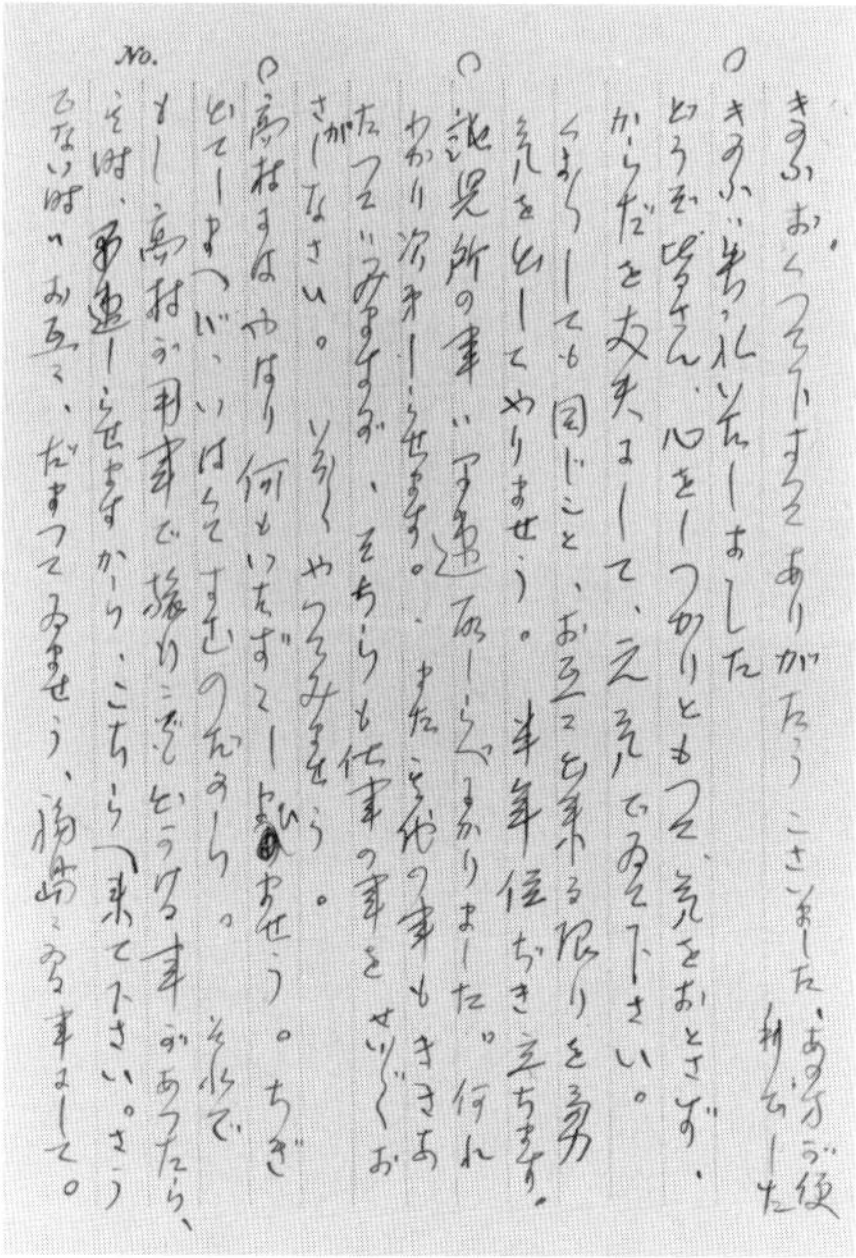
長沼せん宛智恵子の書簡（昭和6年6月28日付）

そして長い二通の手紙をお

いて、八月九日が来るのです。

　忙しかったので高村の旅行がおくれていましたが今晩（九日）旅へ出かけました。早速お出下さる事が出来たらお出かけ下さい。種種御話も有ります故留守の方を誰かのこって代るがわる御出下さい。

智恵子が持ち歩き続けた「うそ鳥」
（木彫、大正14年）

智恵子の母への最後の手紙は翌年七月十二日に書かれて終ります。

　ながいあいだの病気が暑さにむかって急にいけなくなって来ましたので　毎晩睡眠薬をのんでいます　あまりこれをつづけますからきっといけなくなるとおも

います。もしもの事がありましたら、この部屋をかたつけみなさんでよいように
きもの其他をしまつして下さい　大そう長い間のことですから　いろ〳〵たまっ
てしまいました。押入れや地袋、ぬりたんす　柳こり、ねだいのうえのものなど
みなしまつをつけて下さい

皆さんおからだを丈夫にして出来るだけ働き仲よくやっていって　たのしくこ
ころをもってお暮らし下さい　末ながくこの世の希望をすてずに　難儀ななかに
も勇気をもってお暮しなさい。

それではこれで

母上様

皆さん

せきさん　修さん　皆さんへよろしく

そしてその月の十五日、多量のアダリンを飲んで智恵子は自殺を図りますが、それは未遂に終りました。

智恵子病む

七人の弟妹の、たのみ甲斐のある長女だった智恵子は、早くからいつもどこか病み勝ちで、東京の生活に疲れると阿多多羅山《あだたらやま》の見える郷里の生家に帰ってその身を養い、体調を取り戻しては、光太郎との日々の戦列に復帰するのが常でした。しかし大正七年父を失ってから傾き始めた家業は、母や家族をめぐる遺産争いや次々に智恵子の肩にかかる出来事で、「此頃はどうもからだじゅうが方々いけないのでひかんしています　みかけはそうでもないというのですが　苦しいのからいうと自分でもとても長くないように思われるんです」と書く大正十五年頃には、既に家は憩いの場所ではなくなっていました。

あどけない話

智恵子は東京に空が無いといふ、

ほんとの空が見たいといふ。
私は驚いて空を見る。
桜若葉の間に在るのは、
切つても切れない
むかしなじみのきれいな空だ。
どんよりけむる地平のぼかしは
うすもも色の朝のしめりだ。
智恵子は遠くを見ながら言ふ、
阿多多羅山の山の上に
毎日出てゐる青い空が
智恵子のほんとの空だといふ。
あどけない空の話である。
（昭和二・五・一一作　『東方』六月）

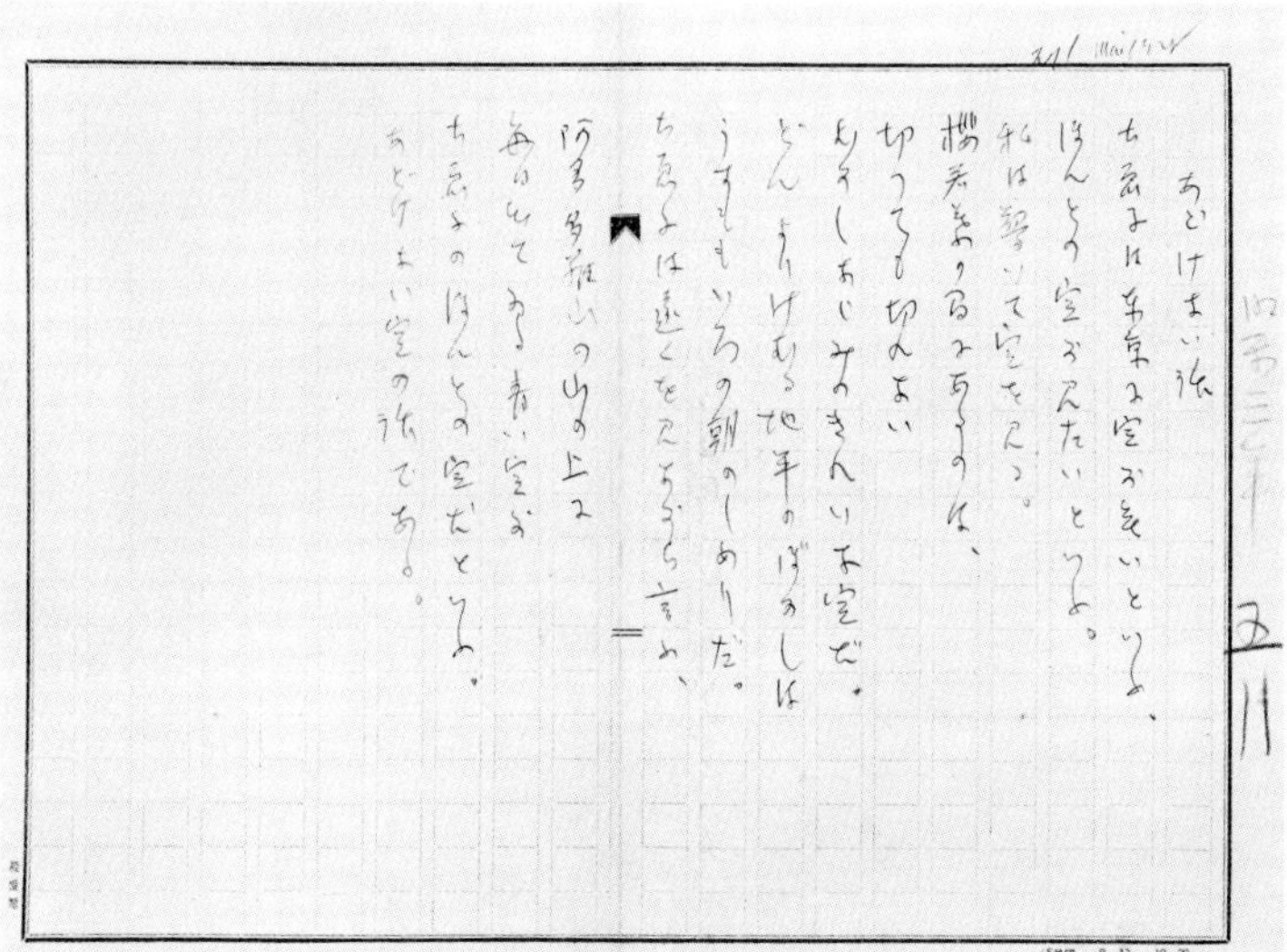
あどけない話
智恵子は東京に空が無いといふ、
ほんとの空が見たいといふ。
私は驚いて空を見る。
桜若葉の間に在るのは、
切つても切れない
むかしなじみのきれいな空だ。
どんよりけむる地平のぼかしは
うすもも色の朝のしめりだ。
智恵子は遠くを見ながら言ふ、
阿多多羅山の山の上に
毎日出てゐる青い空が
智恵子のほんとの空だといふ。
あどけない空の話である。

詩稿「あどけない話」

そんな智恵子をいとおしく抱きしめるように光太郎が「あどけない話」と歌う昭和三年頃には、生家は少しずつ人手に渡り、翌年には破産、一家は離散し、そして悲しみは追い打つように重なります。母が身を寄せた福島の妹節子の夫は銀行家でしたが、刑事にかかわる裁判事件に捲き込まれて、その家にもいられなくなり、姪の春子ともども母や節子が智恵子を頼って突然上京するのです。父の跡を継いだ弟と母の遺産争いに智恵子が法廷に立ったこともありました。光雲のまだ入籍も果たさない長男の嫁、その実家に突発した遺産争いやその結果の破産を智恵子は隠さず、その解決に光太郎も力を尽くすのですが、突然起った刑事事件には智恵子も途方に暮れます。光雲は名誉ある皇室の作家です。

智恵子の異常を光太郎は恐らくかなり早くから気づいていたでしょう。「智恵子の半生」（昭和一五・一一『婦人公論』）という文章の中で光太郎は書いています。「彼女は異常ではあったが、異状ではなかったのである」と。二人をめぐる少しも「あどけなくない」環境は、ぎりぎりと二人を追い詰めていたのです。

そんな中で、一ヶ月近い三陸の旅に光太郎を送り出したのは、むしろ智恵子でした。

雪の安達太良山(阿多多羅山)遠望

智恵子のためにも、そして自分のためにも「阿《あ》多多羅山《だたらやま》の山の上に」毎日出ていたようなほんとの空を探そう。光太郎が「あどけない話」を発表したのは、社会に向かって「人間よ、／もう止せ、こんな事は。」と激しく抗議した「ぼろぼろな駝鳥」から三ヶ月あとのことでした。二人を取り巻くその社会環境を考えに入れておかなければならないでしょう。

「三陸廻り　八」の「夜の海」の冒頭には、そんな光太郎の想いが垣間見えます。

若し此世が楽園のような社会であって、
誰が何処に行って働いても構わず、あいて
いる土地なら何処に棲んでも構わないなら、

私はきっと日本東北沿岸地方の何処かの水の出る島に友達と棲むだろう。そこで少し耕して畠《はた》つものをとり、少し漁《すなど》って海《うみ》つものをとり、多く海に浮び、時に遠い山に登り、そうして彫刻と絵画にいそしむだろう。

「三陸廻り」には具体的に智恵子の名は現れませんが、智恵子はつねにその心にいたでしょう。「友達」をそのまま「智恵子」と置き換えてもいいほどに。

途切れた旅

光太郎の留守にアトリエを訪ねた母や春子も智恵子の異状に気づきます。その異変は旅の光太郎に届いたのでしょうか。そしてそれはいつのことだったでしょうか。「十　宮古行」で形式的には一応完結した「三陸廻り」の、その帰路の消息を知る資料は残されていません。九月九日付の更科に宛てた「四五日前まで海を歩いていました。岩手県の方までゆきました」という消息や、「リアス式三陸海岸」を絵葉書にした尾崎喜八宛の九月十七日の消息、「一週間ほど前に帰京しましたが原稿書きなどで寸暇無く暮しました」などからおよその帰京の日付を察するばかりです。進行する智恵子の病状に未来の生活を想い、二人で拒否し続けて来た入籍のことを果たしたのは昭和八年八月のことですが、同じ年三月には明治二十九年以来の大津波があの「好きになった」三陸のかつて巡った美しい山河をおそって壊滅させたのです。

季節の冬を越えて、病める智恵子と、崩壊に瀕する歴史の冬に対峙する光太郎の覚悟を確認するように凛然として響く「満目蕭条《まんもくしょうじょう》の美」を発表したのは、三陸の旅から帰った翌年一月の『婦人公論』でした。

風雨の為すがままにまかせて、しかも必然の理法にたがわず、内から営営と仕事している大地の底知れぬ力にあうと、私の心はどんな時にも奮い立つ。百の説法を聴くよりも私の心は勇気をとりかえす。自然のように、と思わずにいられなくなる。……落ちるものは落ち、用意せられるものは用意せられて、何等のまぎれ無しにはっきりと目前に露出している潔い美しさは、およそ美の中の美であろう。彼等は香水を持たない。ウインクしない。見かけの最低を示して当然の事としている。私はいつも最も突き進んだ芸術の究極境が此の冬の美にある事を心ひそかに感じている。満目蕭条たる芸術を生み得るようになるまで人間が進み得るかどうか、それはわからない。此は所詮人間自身の審美の鍛錬に待つ外ないにきまっている。ただ物寂びた芸術、ただ渋い芸術、ただ厳しい芸術、そういう程度の階段に位するものなら求めるのに難くない。古来、真に冬たり得た芸術が一体何処にあるだろう。

「黒田清輝胸像」(ブロンズ、昭和7年)

この国の肖像彫刻の中でも最も優れたものの一つと高く評価された「黒田清輝胸像」の原型が完成したのは昭和七年三月、この頃から昭和十年一月まで、詩の作品はほと

塩原温泉での光太郎と智恵子(昭和8年)

んど見られませんでした。

墓参と療養をかねて、一緒に智恵子の郷里に近い東北の温泉めぐりをした後の、機関車のように進行する病状や九十九里浜転地、そして自宅療養の域をこえて入院させた南品川のゼームス坂病院での日々。そこで奇蹟のように成就した紙絵制作については、光太郎自身、後に「みちのく便り」で語っています。

智恵子の死

昭和十三年十月五日午後九時二十分、智恵子はゼームス坂病院で亡くなりました。五十二歳。直接の病因は久しい粟粒《ぞくりゅう》性肺結核。臨終に立ち会ったのは医師や看護婦だった春子を除けば、光太郎一人でした。
前年七月には大陸で日中戦争が始まっていました。世上は戦争目的に向かって狂奔し、四月には国家総動員法が公布されます。その月、突然光太郎の心に三陸の海の幻想が蘇るのです。

潮を吹く鯨

金華山沖の黒潮に五月が来て、
海は急に大きくなり
青セロフアンのテントの様に明るくなつた。
きらびやかに流れる波は真昼の日に瞬き
針路は陸地にいささか寄つた。

ゼームス坂病院

一度潮を吹いた抹香鯨は又深く
　もぐり
巨大な頭の重量を水にのせかけ、
塩の濃いなめらかな此の暖流の
　うれしさに
今は心を放つて限りなき思に耽
　つた。
イルカでもなくシヤチでもなく
抹香鯨で自分があるのを
世にも仕合せだと鯨は思ふ。
ああ現在は争ひがたい。
現在以外を鯨は見ない。
存在の頂点をつねに味ひ、
鯨は仮定に触れず形而上に参入

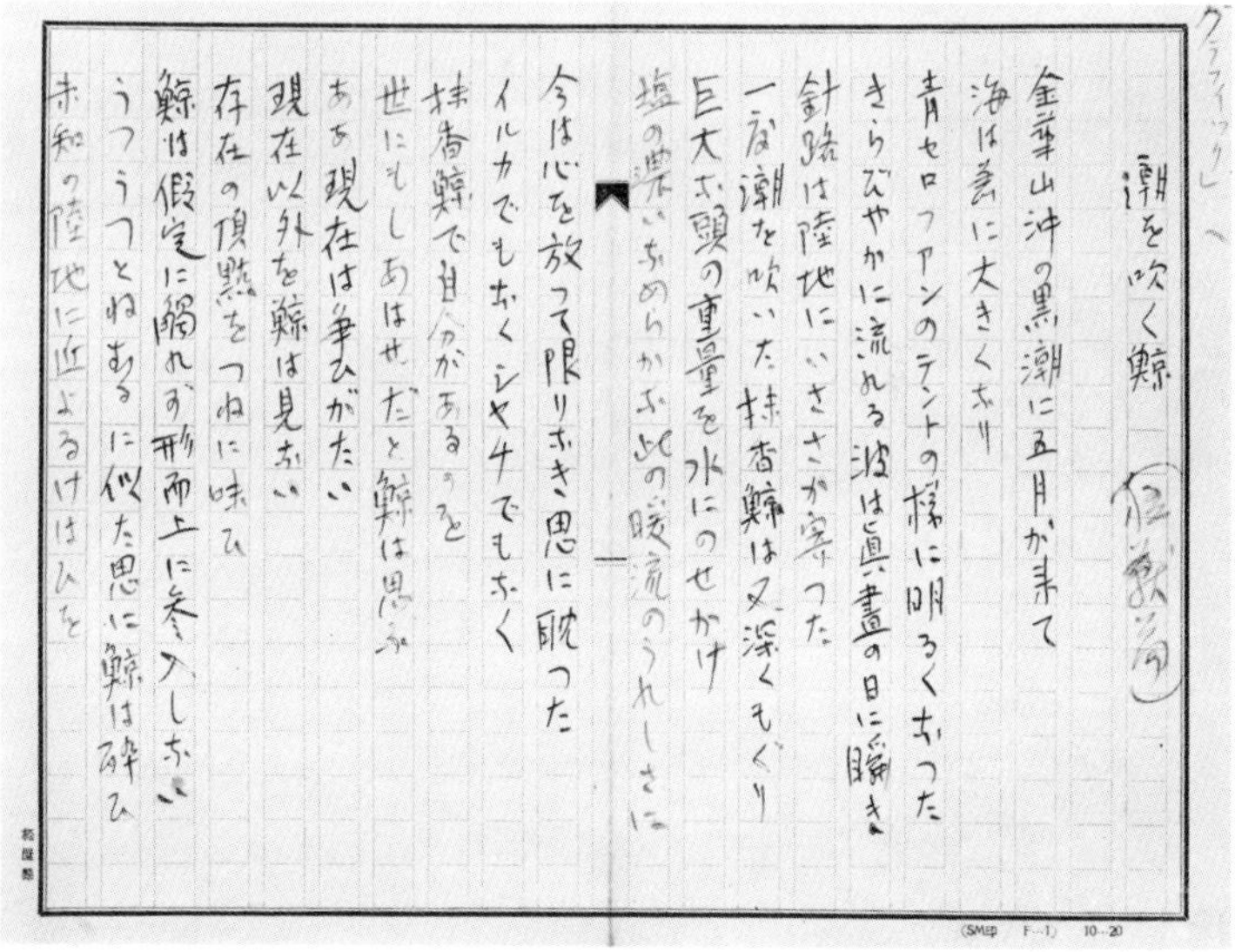
潮を吹く鯨
金華山沖の黒潮に五月が来て
海は益に大きくなり
青セロファンのテントの様に明るくなつた
きらびやかに流れる波は真昼の日に瞬き
釧路は陸地にいささか寄つた
一度潮を吹いた抹香鯨は又深くもぐり
巨大な頭の重量を水にのせかけ
塩の濃いなめらかな此の暖流のうれしさに
今は心を放つて限りなき思に耽つた
イルカでもなくシヤチでもなく
抹香鯨で自分があるのを
世にもしあはせだと鯨は思ふ
ああ現在は争ひがたい
現在以外を鯨は見ない
存在の頂點をつねに味ひ
鯨は假定に觸れず形而上に参入しない
うつうつとねむるに似た思に鯨は酔ひ
未知の陸地に近よるけはひを

詩稿「潮を吹く鯨」

しない。
うつうつとねむるに似た思に鯨は
　酔ひ、
未知の陸地の近よるけはひを
半ばおそれ半ばよろこび、
もう一度高く浮いて五月の空へ
息一ぱいの潮を虹と吹いた。
牡鹿半島の鮎川港に鳴る警笛を
この厖大な楽天家は夢にも知らない。

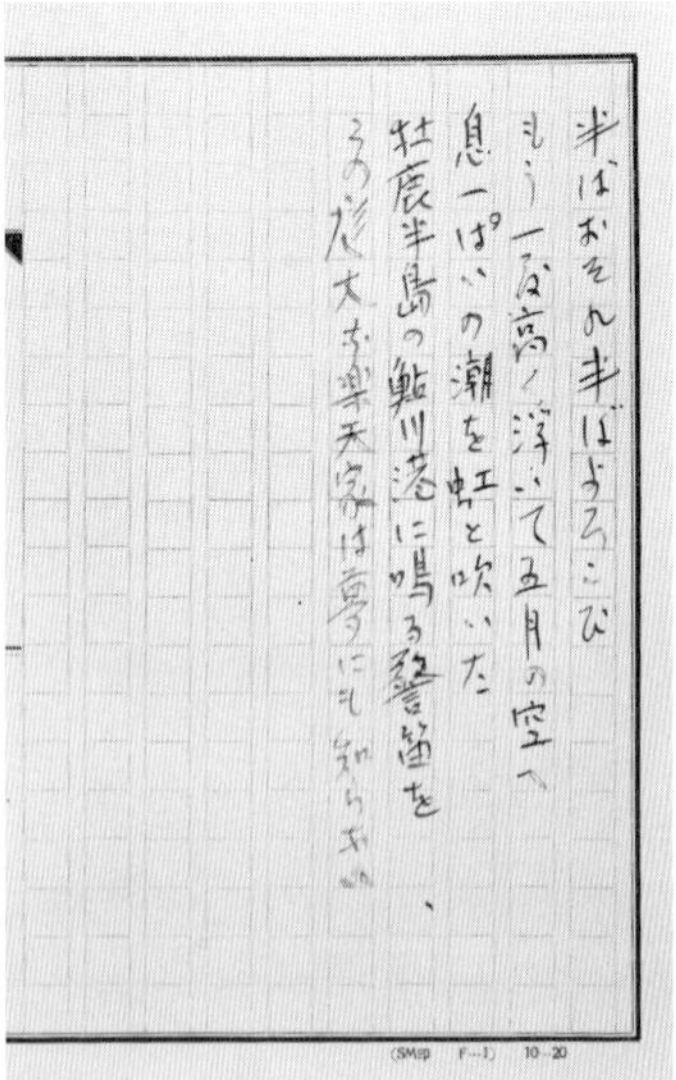
半ばおそれ半ばよろこび
もう一度高く浮いて五月の空へ
息一ぱいの潮を虹と吹いた
牡鹿半島の鮎川港に鳴る警笛を
この尨大な楽天家は夢にも知らない

四月八日に作られ、雑誌『グラフィック』に発表されたこの詩は最後の「猛獣篇」に指定されます。三月二十四日付の母せんへの書簡には「先日病院へまいりましたが今月も智恵子に会わずにかえりました。興奮するといけないと思って案じられます。春先になるといつも悪くなるように思います」の文字が読み取れます。

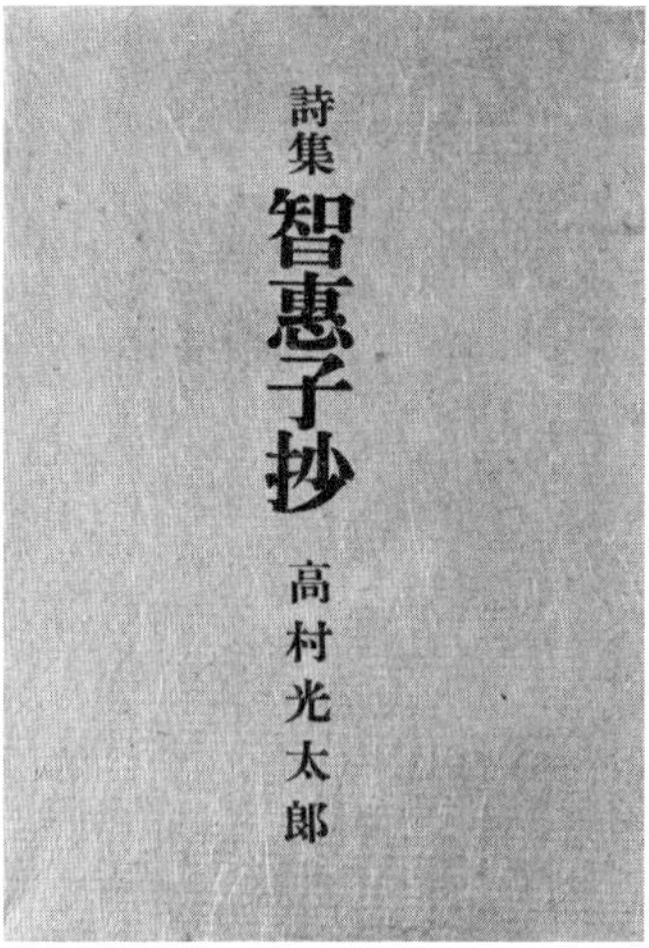

『詩集　智恵子抄』函（昭和16年）

光太郎が智恵子に関する生涯の詩文を編んで『智恵子抄』を敢行したのは、太平洋戦争の前夜、昭和十六年八月のことでした。智恵子の生涯を語る、収められた最も長い散文「智恵子の半生」に書いています。

だが今は書こう。出来るだけ簡単に此の一人の女性の運命を書きとめて置こう。大正昭和の年代に人知れず斯ういう事に悩み、こういう事に倒れた女性のあった事を書き記して、彼女への餞《はなむけ》とする事を許させてもらおう。一人に極まれば万人に通ずるということを信じて、今日のような時勢の下にも敢て此の筆を執ろうとするのである。

「一億一心」や「八紘一宇」などの標語が巷に氾濫し、戦意を妨げる思想、ことに不敬罪や風俗に触れる書物の発売禁止が日常だった時代です。あらわに一途な男女の性

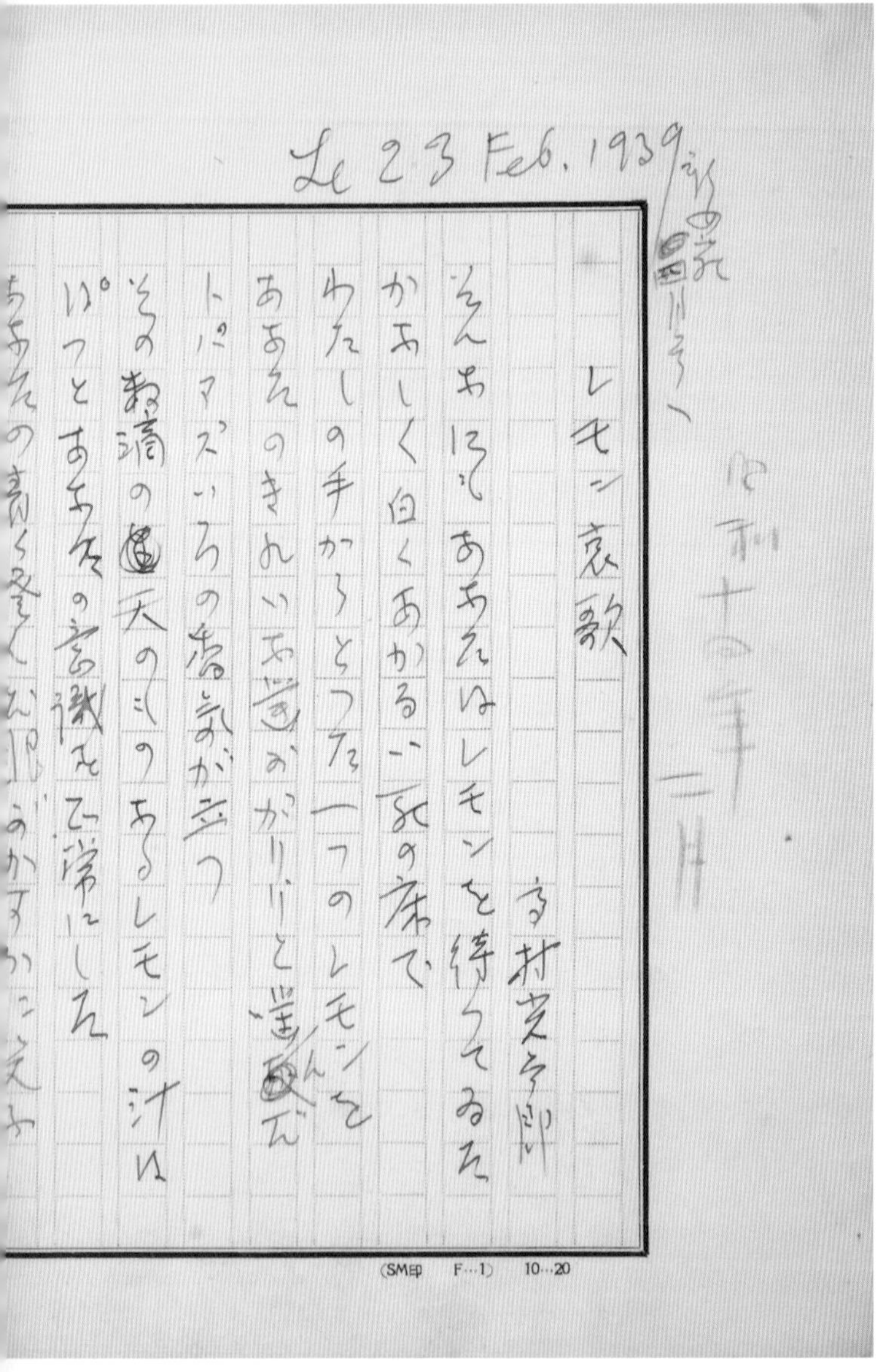
Le 23 Feb. 1939

レモン哀歌

高村光太郎

そんなにあなたはレモンを待つてゐた
かなしく白くあかるい死の床で
わたしの手からとつた一つのレモンを
あなたのきれいな歯ががりりと噛んだ
トパアズいろの香気が立つ
その数滴の天のものなるレモンの汁は
ぱつとあなたの意識を正常にした
あなたの青く澄んだ眼がかすかに笑ふ

昭和十四年二月

(SM印　F…1)　10…20

詩稿「レモン哀歌」

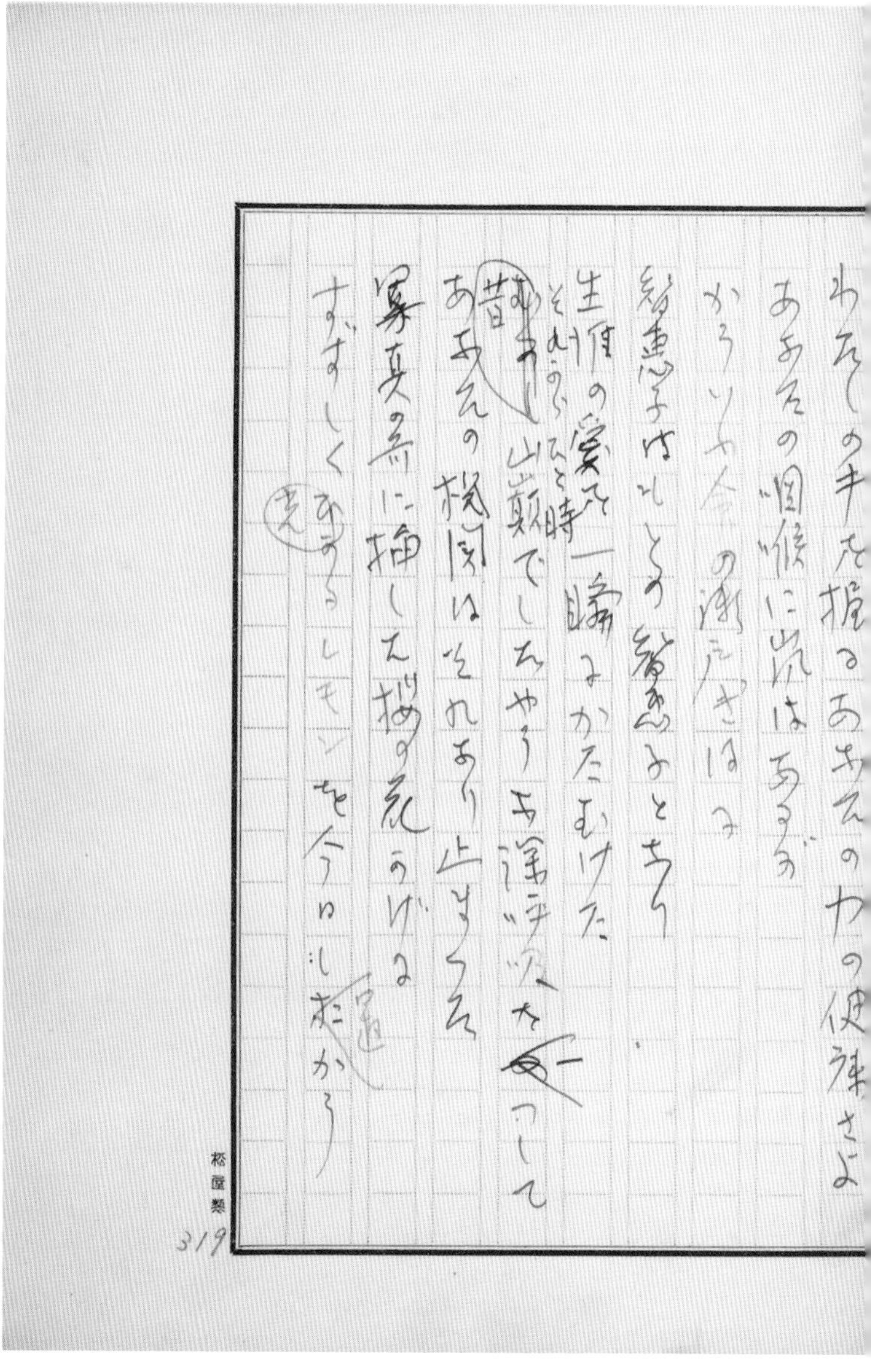
わたしの手を握るあなたの力の健康さよ
あなたの咽喉に嵐はあるが
かういふ命の瀬戸ぎはに
智恵子はもとの智恵子となり
生涯の愛を一瞬にかたむけた
それからひと時
昔山巓でしたやうな深呼吸を一つして
あなたの機関はそれなり止まつた
写真の前に挿した桜の花かげに
すずしく光るレモンを今日も置かう
松屋製
319

愛を描く若き日の詩篇や、狂気の妻への限りない愛を綴って、自由な人間の生の決意を表明するこの書物が、ついに遺書になるかも知れないことを、光太郎は感じ取っていたのでしょう。この文章の冒頭近くにそんな世相に反して毅然として書いています。

> 美に関する製作は公式の理念や、壮大な民族意識というようなものだけでは決して生れない。そういうものは或は製作の主題となり、或はその動機となる事はあっても、その製作が心の底から生れ出て、生きた血を持つに至るには、必ずそこに大きな愛のやりとりがいる。其れは神の愛である事もあろう。大君の愛である事もあろう。又実に一人の女性の底ぬけの純愛である

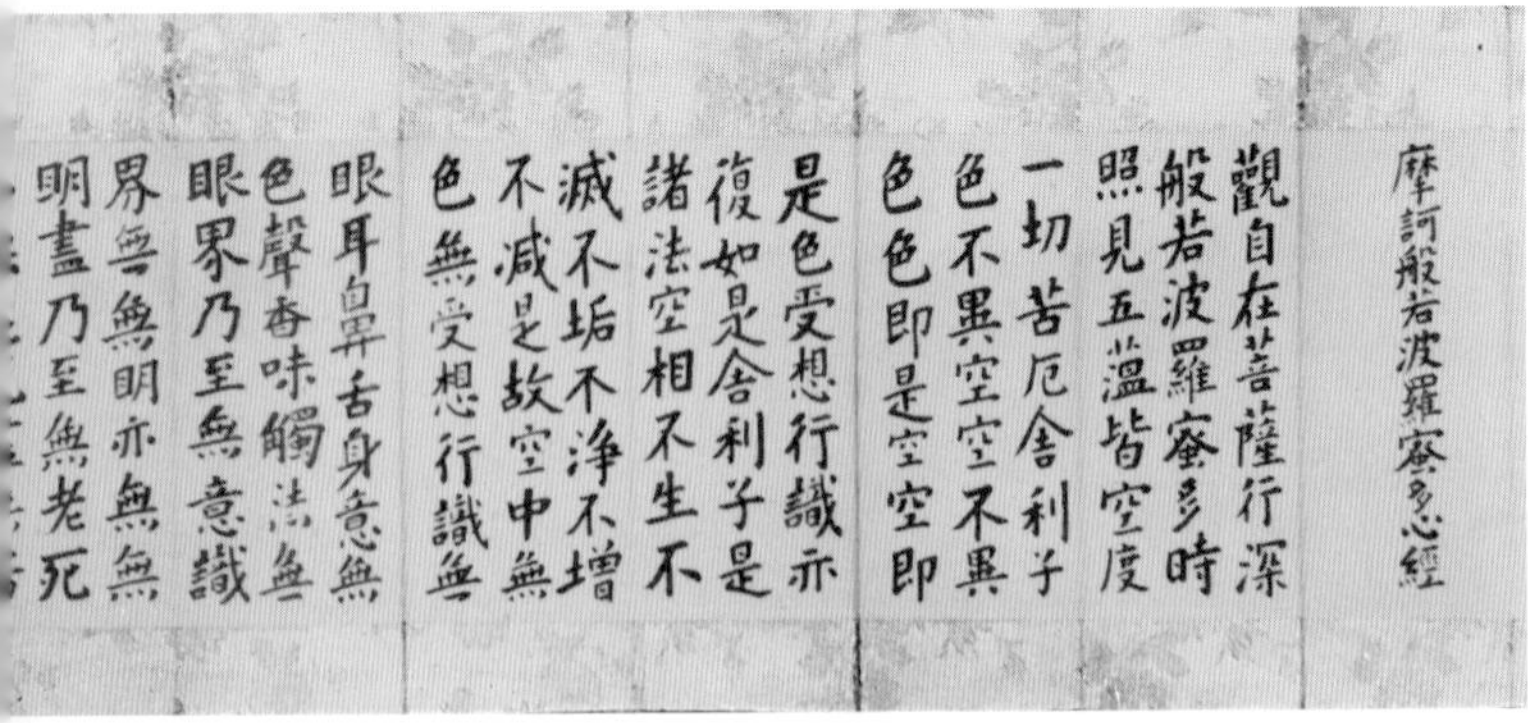
摩訶般若波羅蜜多心經
觀自在菩薩行深
般若波羅蜜多時
照見五蘊皆空度
一切苦厄舍利子
色不異空空不異
色色即是空空即
是色受想行識亦
復如是舍利子是
諸法空相不生不
滅不垢不淨不增
不減是故空中無
色無受想行識無
眼耳鼻舌身意無
色聲香味觸法無
眼界乃至無意識
界無無明亦無無
明盡乃至無老死

事があるのである。

狂気した女性の底ぬけの愛を、「又実に」と強調して大君、天皇への愛と対比すること自体、不敬罪に問わるべき時代でした。第一、冒頭第一行が、それが明治末年の愛の詩であるにしても、大陸に若者がつぎつぎに兵士として駆り出される時代に、「いやなんです／あなたのいつてしまふのが――」と書き出される詩集が、潜在する多くの人々の内心を代弁しただろうことは、容易に納得できるでしょう。

『智恵子抄』の最後に加えた散文、「智恵子の切抜絵」は、初め智恵子の死の翌年二月、雑誌『新風土』に発表したもので、入院中の智恵子が最後に達成し

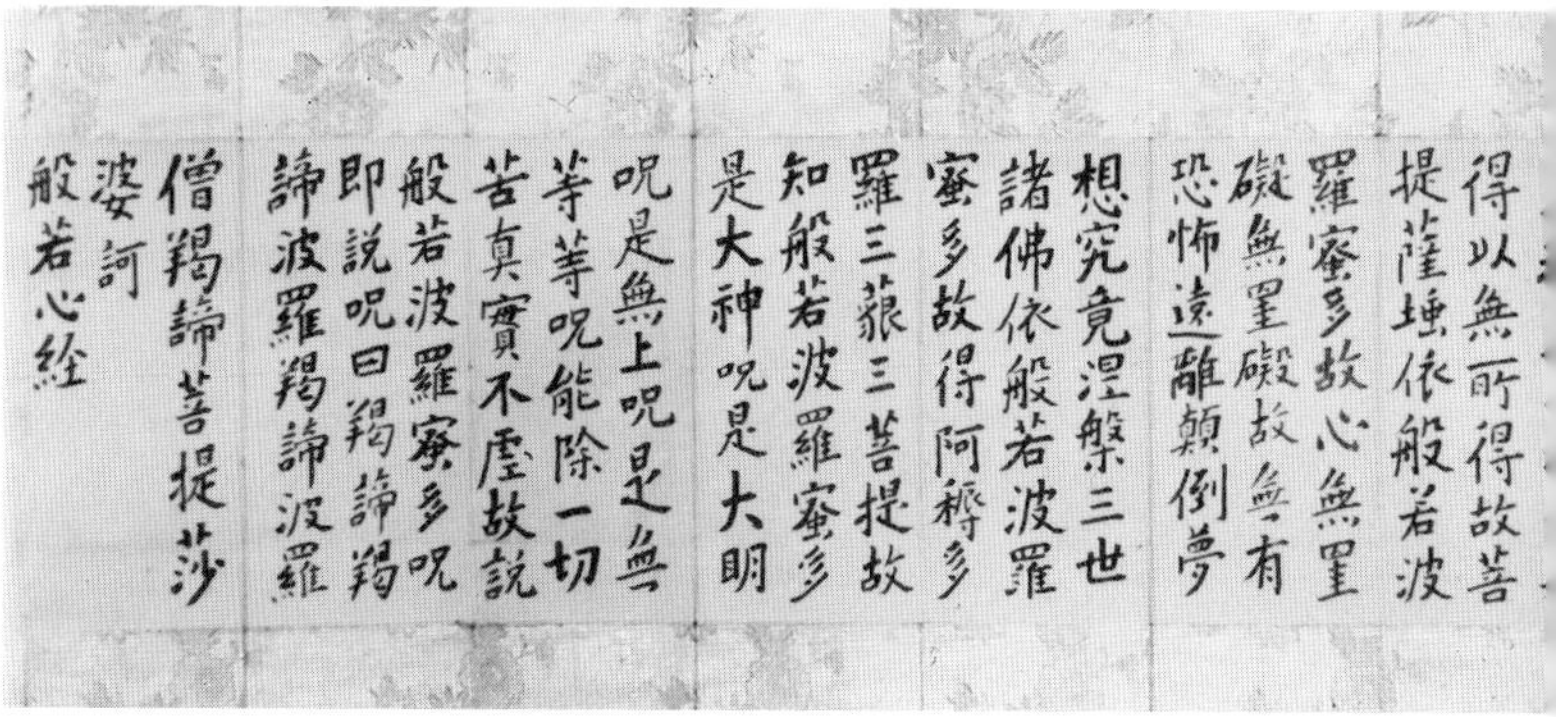

智恵子が手離さなかった光太郎筆写「般若心経」（智恵子表装）

た奇蹟のような美の世界、千数百枚を越えるという紙絵について外部のものが初めて知りえた機会でした。六点の作品写真を添えたその雑誌を贈られた歌人斎藤茂吉は精神科の医師でもありましたが、打って反すように葉書を認めます。

新風土拝受みまかられし御奥様の御遺作品拝見驚嘆いたし申候御事に候、これは普通の御病人には不可能の事に有之、御力量が計らずも無限の純真を以てあらわれしものと存じ奉り候、それにつけても貴堂いつぞやの魚の木彫（桃と同時代か）のおもかげが奥様の魚の切抜絵に出で居られし如く感じ身に沁み候次第に御座候　御文の終末まことに感無量に御座候（二月九日）

魚のいる智恵子の紙絵

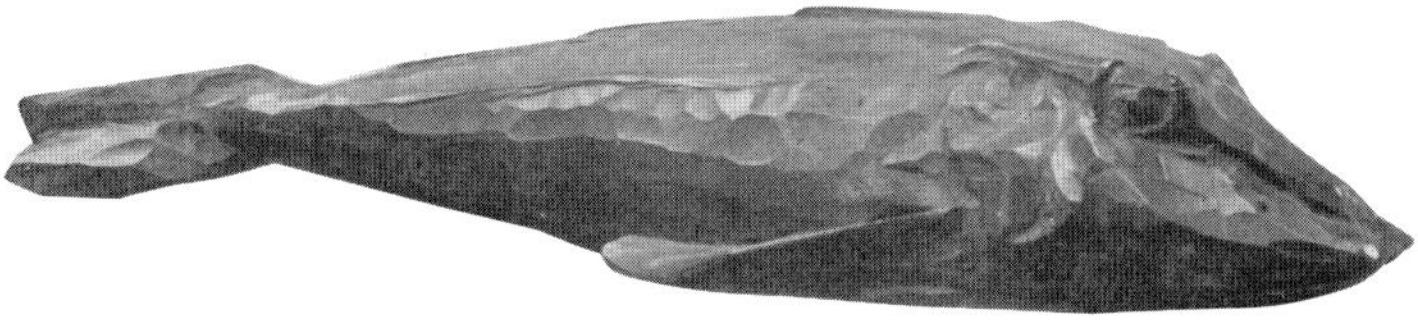

光太郎作「魴鮄」（木彫、大正13年）

光太郎はこの文章をこう結んでいました。

此等の切抜絵はすべて智恵子の詩であり、叙情であり、機智であり、生活記録であり、此世への愛の表明である。此を私に見せる時の智恵子の恥ずかしそうなうれしそうな顔が忘れられない。

戦乱、戦災

『智恵子抄』は昭和十九年までに十三回もその刷りを重ねましたが、智恵子その人は心の奥深く秘められ、戦時を通じて智恵子に関する詩も散文も一篇も書かれませんでした。民族の興亡をかけて、光太郎はこの国の文化に関心し、同胞の荒廃を支えるために、すべてを棄てて戦乱の渦の中に身を投じたのでした。

智恵子が亡くなった翌年、昭和十四年九月にはヨーロッパで第二次世界大戦が勃発し、同じ月に書かれた詩には「何処からかやがて来る人種戦争の匂かする。」（「お化け屋敷の夜」）、「遠く極東の一彫刻家は心にゐがく。／この力の究極するところいづこともなく、／むざんな人種戦争のとどろきを耳にし。／人類前途の茫漠たるを知る。／憤りなるか嗟嘆なるか決意なるか。／ただ線熱の如きもの身うちに痛きを覚える。」（「銅像ミキイヰツツに寄す」）などの言葉が見えます。

そして『智恵子抄』刊行とほぼ時を同じくして、新たな決意が表明されるのです。

現世否定の鞭をふるつて、
無限未来のあの時空の間に
遠く人間として生きてゐた魂が、
この肉体の叫ぶ声をきいたのだ。
……

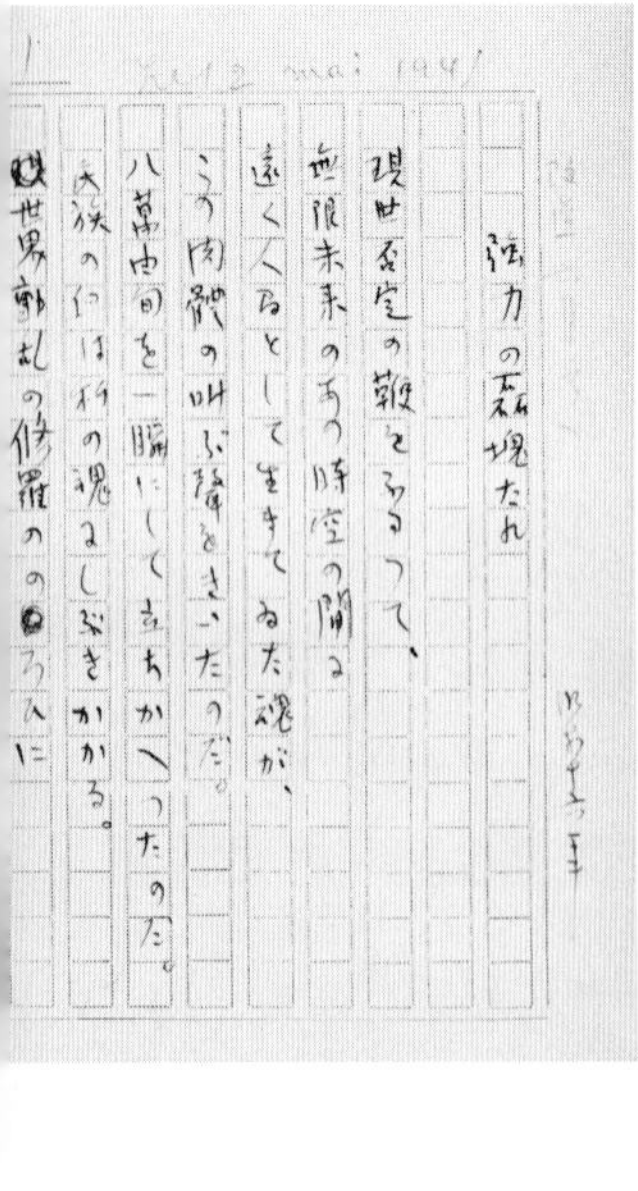

民族の血は私の魂にしぶきかかる。
世界動乱の修羅ののろひに、
われら断じて勝つほかない。
……
われら民族の滅却を望まぬものは、
ひとり否定の帆柱によじのぼつて
この動乱の見物人となることなかれ。
……
この危急存亡のとき、
……
われら同胞の魂を内から支へる強力
の磊塊《らいかい》たれ。
（「強力の磊塊たれ」昭和一六・六『改造』）

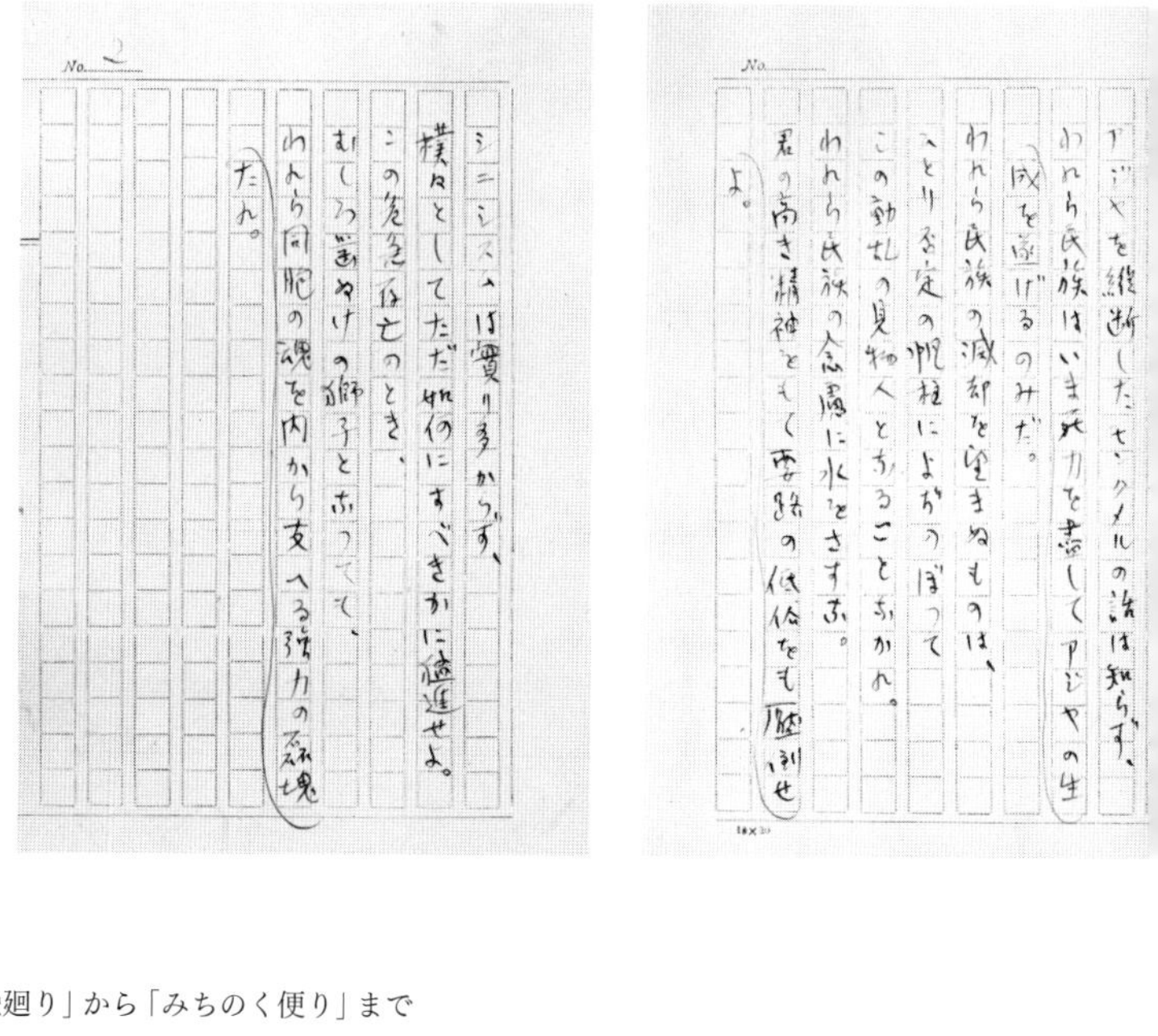
No.
アジヤを縦断したセンクメルの詩は知らず、
われら民族はいま兵力を盡してアジヤの生
成を遂げるのみだ。
われら民族の滅却を望まぬものは、
ひとり否定の帆柱によぢのぼつて
この動乱の見物人となることなかれ。
われら民族の危篤に水をさすな。
君の高き精神をもて要路の俗倫をも脳倒せ
よ。

No. 2
シニシズムは實り多からず、
横々としてただ如何にすべきかに邁進せよ。
この危急存亡のとき、
むしろ無ぬけの獅子となつてぞ、
われら同胞の魂を内から支へる強力の磊塊
たれ。

詩稿「強力の磊塊たれ」

昭和8年頃の本郷（駒込林町）のアトリエ

昭和十六年十二月八日、太平洋戦争開戦。智恵子とともに生きた思い出深い本郷のアトリエが空襲で炎上したのは、昭和二十年四月十三日のことでした。自らの作品の焼失をほとんど意に介さなかった光太郎ですが、人々の力を借りて、智恵子の紙絵だけは、全てをそれ以前に移し守りました。一群は後に智恵子の姪春子の嫁いだ取手の宮崎家へ、一群は山形の真壁家へ、そして一群は花巻の佐藤家に。
アトリエを失った光太郎に様々な誘いがあったとしても、結局光太郎の思いは、智恵子の発病、戦乱でやむなく打ち切られたみちのくに向わざるを得ないのです。

四月三十日　水野葉舟宛書簡

四月十三日夜の空襲で小生宅も類焼しました。予期していた事とて予定の行動をとって居ります。今、妹の家に立退いていますが、五月中旬には花巻の宮沢賢治さんの実家に一時滞在するつもりで参ります。彫刻材料の木材のある処を追って、つぎつぎと諸所を行脚する事にしました。これからも大いに仕事する気でいます。

一時滞在を決意した花巻行直前の光太郎の意図が端的に表現されています。賢治は昭和八年九月に三十七歳ですでに没し、花巻にはその両親や弟がいました。宮沢家とは賢治遺稿の刊行や、詩碑の揮毫その他でしばしば交渉がありました。

終の棲家として――太田村山口

五月十五日朝、取手の詩人宮崎稔に付添われて上野駅に並んだ光太郎は、夕方、漸く乗車、翌日、雨に煙る花巻駅で賢治の弟清六に迎えられます。光太郎の疲労はこの時、激しい戦時の生活で極限に達していました。宮沢家の離れに入った翌日から高熱を発し、肺炎と診断されて、六月十五日まで臥床、かって賢治の主治医だった花巻病院長佐藤隆房の手厚い看護を受けます。かねての計画通り七月十五日から宮沢家の離れで自炊生活に入りましたが、八月十日、花巻の空襲で再び戦災。八月十五日の終戦を挟んで、中学校長だった佐藤昌方、佐藤隆房方と居所転々。十月十日、松庵寺で父と智恵子の法要を営みます。その時の詩「松庵寺」を境に智恵子は再びその詩に蘇るのです。

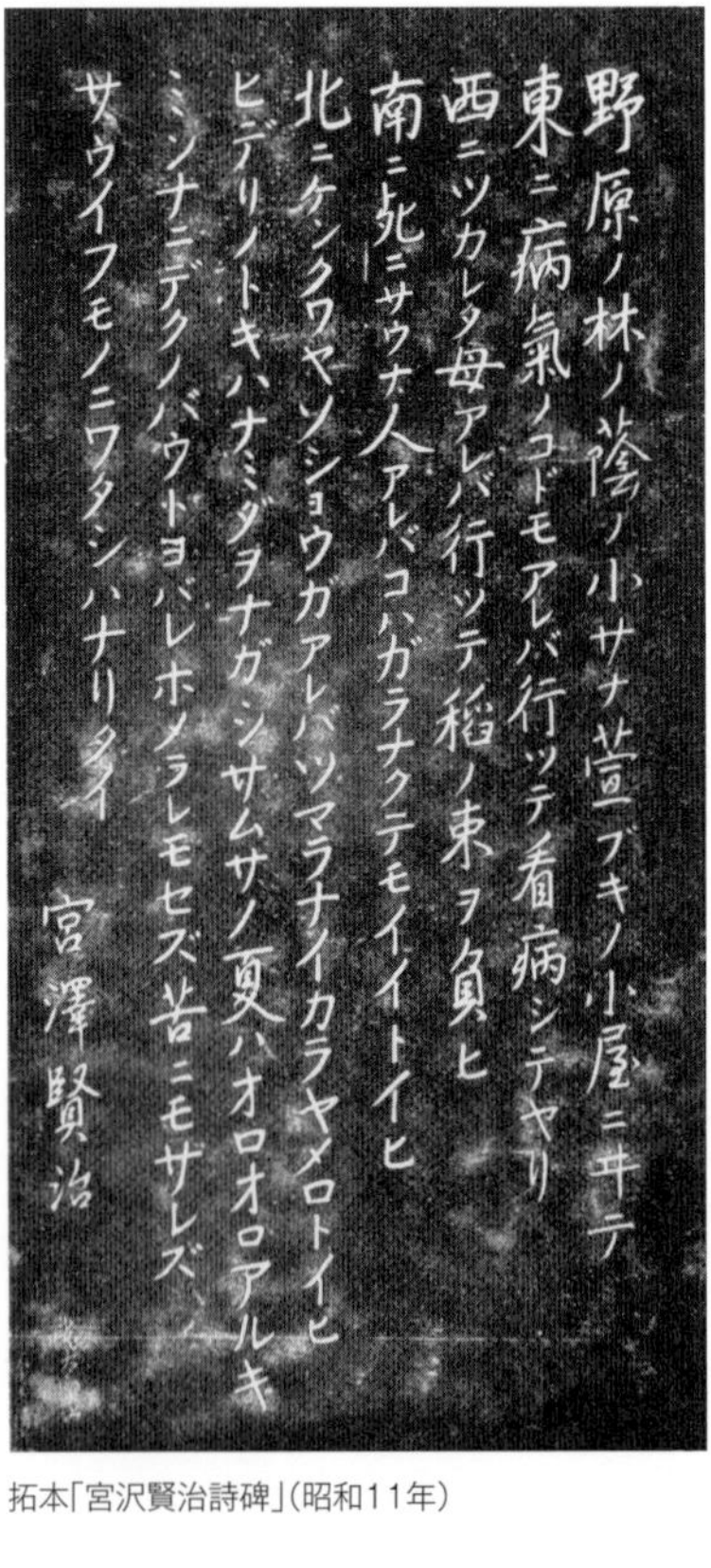
野原ノ林ノ蔭ノ小サナ萓ブキノ小屋ニヰテ
東ニ病氣ノコドモアレバ行ッテ看病シテヤリ
西ニツカレタ母アレバ行ッテ稲ノ束ヲ負ヒ
南ニ死ニサウナ人アレバコハガラナクテモイイトイヒ
北ニケンクヮヤソショウガアレバツマラナイカラヤメロトイヒ
ヒデリノトキハナミダヲナガシサムサノ夏ハオロオロアルキ
ミンナニデクノバウトヨバレホメラレモセズ苦ニモサレズ
サウイフモノニワタシハナリタイ
宮澤賢治
拓本「宮沢賢治詩碑」(昭和11年)

松庵寺

奥州花巻といふひなびた町の
浄土宗の古刹松庵寺で
秋の村雨ふりしきるあなたの命日に
まことにささやかな法事をしました
花巻の町も戦火をうけて
すつかり焼けた松庵寺は
物置小屋に須弥壇をつくつた
二畳敷のお堂でした
雨がうしろの障子から吹きこみ
和尚さまの衣のすそさへ濡れました
和尚さまは静かな声でしみじみと

型どほりに一枚起請文をよみました
仏を信じて身をなげ出した昔の人の
おそろしい告白の真実が
今の世でも生きてわたくしをうちました
限りなき信によつてわたくしのために
燃えてしまつたあなたの一生の序列を
この松庵寺の物置御堂の仏の前で
又も食ひ入るやうに思ひしらべました

（昭和二〇・一一　白玉書房版『智恵子抄』）

松庵寺は花巻町の古刹三宝山《さんぽうざん》。宝暦、天明、天保と度重なる凶作飢饉、疫病などで人々の救済にあたりました。本堂は戦災で焼失しましたが、今は再建されています。一枚起請文は法然上人が死にのぞんで浄土往生の要義を一枚の紙に和文で記し示したもので、浄土宗では朝夕これを読誦します。

独居当時の太田村の山小屋(昭和25年頃冬)

十七日には稗貫《ひえぬき》郡太田村山口の村人が移築してくれた鉱山小屋に移って独居自炊の生活が始まりました。移住のことは終戦以前から、村人に人望があった分教場の教師、佐藤勝治の手引きで計画が進められていたのでした。

畳三畳、外気を防ぐのは荒壁と障子紙、十二月中旬には零下十三度、積雪三尺、生涯で最も過酷な冬が来ます。ここに日本最高の文化を築こうという初めの夢は、まず日本近代の宿命に重なる自らの生涯の点検から始められ、越し方を暗愚と省みる二十篇の詩群「暗愚小伝」(昭和二二・七『展望』)に結実しました。

若しも智恵子が

若しも智恵子が私といつしよに
岩手の山の源始の息吹につつまれて
いま六月の草木の中のここに居たら、
ゼンマイの綿帽子がもうとれて
キセキレイが井戸に来る山の小屋で
ことしの夏がこれから始まる
洋洋とした季節の朝のここに居たら、
智恵子はこの三畳敷で目をさまし、
両手を伸して吹入るオゾンに身うちを洗ひ、
やつぱり二十代の声をあげて
十本一本のマツチをわらひ、
杉の枯葉に火をつけて

囲炉裏の鍋でうまい茶粥を煮るでせう。
畑の絹さやゑん豆をもぎとつてきて
サフアイヤ色の朝の食事に興じるでせう。
若しも智恵子がここに居たら、
奥州南部の山の中の一軒家が
たちまち真空管の機構となつて
無数の強いエレクトロンを飛ばすでせう。

（昭和二四・三・一〇作 『婦人画報』六月）

「十本一本のマッチ」は十本のうち一本しか点火しない、戦後の粗悪なマッチです。しかし山林に夢見たものは必ずしも実現しません。冬には雪が腰まで埋め、吹雪が夜具の肩に積もり、粘土もインクもたちまち凍るのです。蒸し風呂のように高温多湿な夏の山口山の山懐では、彫刻刀もたちまち錆び、小屋の周りにはマムシがいつもザワザワ居ます。寒冷多湿な酸性土壌の山村の、貧しいけれど信仰厚く、心温かい人々につつまれて、一方では日本の美を説き、農家の台所まで入り込んで、食生活の改善を説く光太郎ですが、苛烈な自然と、輪を広げれば重い地域の人間関係と、その天性の彫刻家の内心を噛む地獄図のような人体飢餓があります。そんな中で、あるがままの美を触知する「無機」の世界観が形を取り始めるのです。

山居の七年間は彫刻の環境を欠いたけれど、それを補うように書技は進み、多くの書作品が残されました。

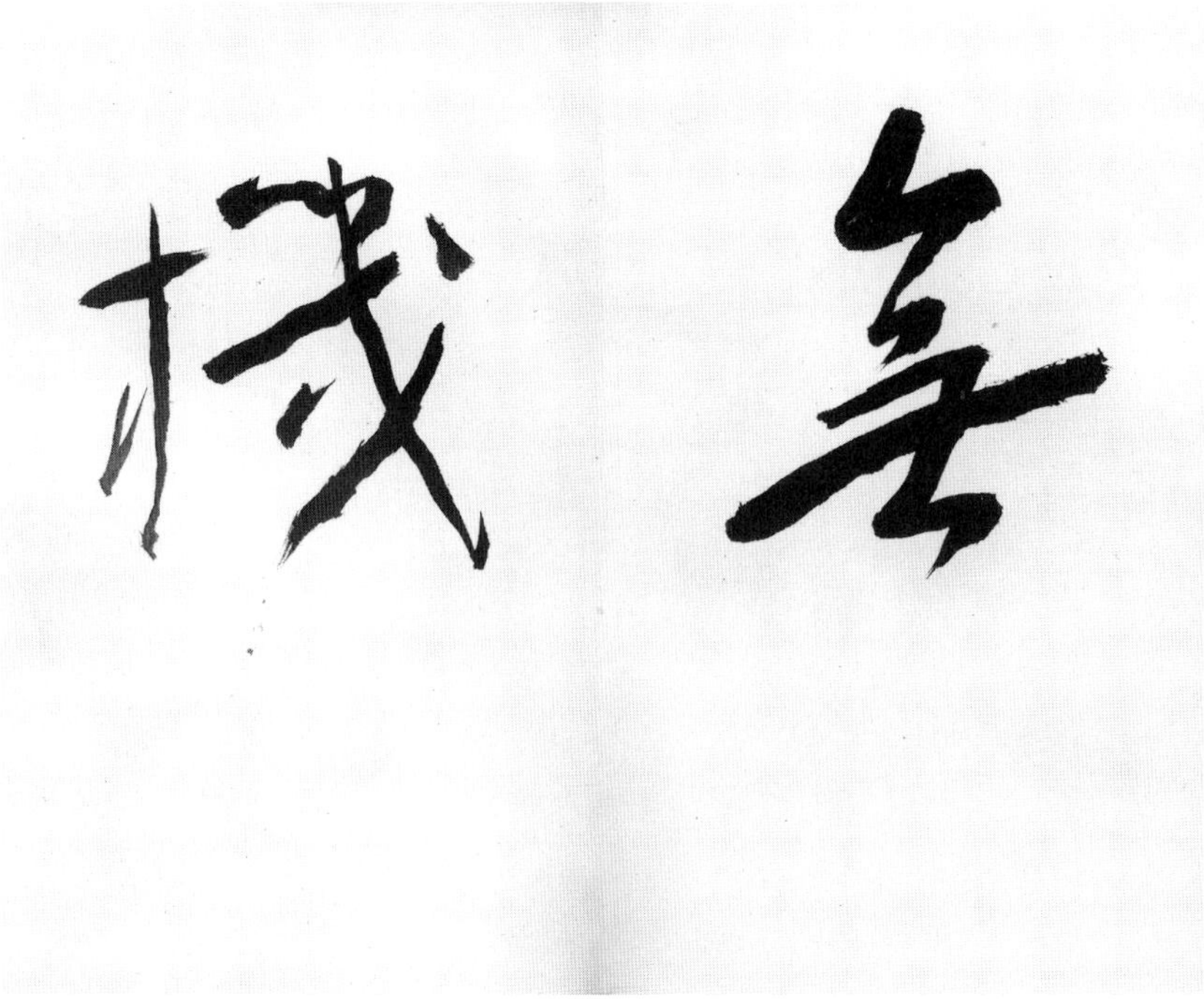

光太郎書「無機」(昭和27年頃)

光太郎画「太田村山口部落」（昭和22年）

みちのく便り

高村光太郎
解題　北川太一

みちのく便り㈠

これから時々みちのく便りを「スバル」に書くようにとのことですが、こういう山の中に居るので取り立てて珍らしい触目の事象も少く、まして烈しい社会的な動きに接するということも稀なので、自然極めて平凡な身辺雑記のあれやこれやを気楽に書くということになってしまうでしょう。

みちのくといえば奥州白河の関から北の方を指すのでしょうが、そうすると、岩手県稗貫《ひえぬき》郡という此のあたりは丁度みちのくのまんなか位にあたります。北緯三十九度十分から二十分にかけての線に沿っている地方です。有名な緯度観測所のある水沢町はここから南方八里ほどのところにあり、天体も東京でみるのとは大分ちがいます。星座の高さが目だち、北斗七星などが頭に被いかぶさるような感じに見えます。山の空気の清澄な為でしょうが、夜の星空の盛観はまったく目ざましいもので、一等星の巨大さはむしろ恐ろしいほどです。星座にしても、冬のオライアン、夏のスコオピオンなど、それはまったく宇宙の空間にぶら下って、えんえんと燃えさかる物体を間近に見るようです。木星のような遊星にしても、それが地平線に近くあらわれてくる時、ほんとに何か、東京でみていたものとは別物のような、見るたびにびっくりするようなもので、月の小さいものといいたい位にみえます。その星影が小屋の前の水田の水にうつると、あたりが明るいように思われます。星の光は妙に胸を射るように来るものです。昔の人が暁の金星を虚空蔵《こくうぞう》さまと称した、そういう畏敬の念がおのずから起るようです。夜半過ぎて用足しに起きた時など、この頃の寒さをも忘れて私はしばらく星空を眺めずにはいられません。このような超人的な美を見ることの出来るだけでも私はこの山の小屋から去りかねます。こういう比較を絶した美しさを満喫出来るありがたさにただ感謝するほかありません。

たかだかあと十年か二十年の余命であってもその命のある間、この天然の法楽をうけていたいと思います。宮沢賢治がしきりと星の詩を書き、星に関する空想を逞しくし、銀河鉄道などという破天荒な構想をかまえたのも決して観念的なものではなくて、まったく実感からきた当然の表現であったと考えられます。

私は今血をはきながら此を書いています。結核性のものとは思えませんが、（それとも結核性なのでしょうか）気管支のどこかの毛細管が破れたのだろうと思います。力業ではなく、すべて押しせまられた仕事を強行するといつでも血をはくというのが、この七八年来の習慣です。鬱血のような色をした血で、即座には出ず、一日くらい後になってから出ます。今も二三日前から、検印紙の捺印と、この原稿と表紙のデザインと、其他三四件のいそぎの依頼物とが、机上で私をせかしているのです。一方どうでもなれと思ってはいますが。

【解題】

「みちのく便り(一)」は昭和二十五年二月の中原綾子が主宰する歌誌『スバル』創刊号に掲載され、以下断続して二十六年五月号にまで及びます。

中原は明治三十一年長崎に生れて、大正七年に与謝野晶子に師事した新詩社系の歌人。第二期『明星』の同人として光太郎にも親しみ、この年光太郎や吉井勇らを顧問として第三期に当たる『スバル』を創刊したのでした。光太郎は綾子を信頼していて、病中の智恵子の症状を詳細に報じ助言を求めたりした書簡が、全集十四巻(書簡一)に何通も収められています。

光太郎は花巻移住以後、ほとんど日々のメモを欠かしませんでしたが、昭和二十四、五年の大部分はまだ発見されていません。しかしこの文章には執筆年代を記録した手控えの草稿が保存されていて、前年十二月二十五日に書かれたことが分かります。しかし十五日付の中原に宛てた書簡には「いま発熱中なの

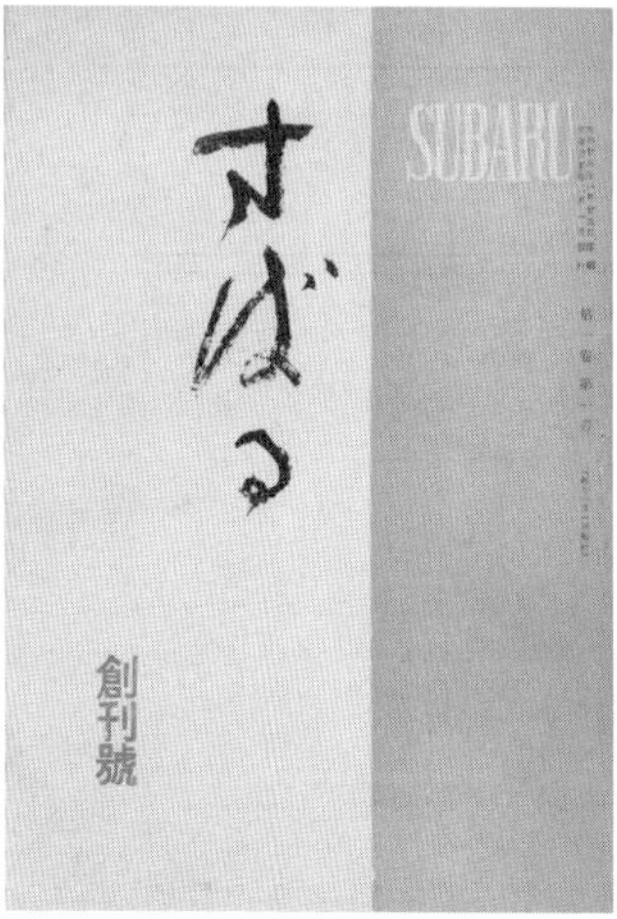

『スバル』創刊号表紙(昭和25年2月)

でこの郵便物を出しに行かれません。誰か来たら托しますが」の文面が見られますから、おそらく最後の六行はそれから書き足されたものでしょう。

光太郎の喀血《かっけつ》の兆候は昭和十年代の初めから検証されます。少し無理するとすぐ血痰、喀血を惹き起す数年と書いたのは昭和二十二年頃からのことです。診療所の医師は右鎖骨下のバリバリというラッセル音を聴診して、これはひどい結核だと直感したといいます。もともと頑健だった光太郎を犯しつづけていたのは、智恵子と同根の結核菌だったのでしょうか。光太郎六十六歳、残された山居はあと三年、十年の余命もありません。それが智恵子とともに生きた終《つい》のいのちだったのです。

山小屋での光太郎（昭和26年）

みちのく便り㈡

からだの調子もいいので、約束通り、一月十三日には風速二〇という吹雪をついて山を下り、盛岡市に出かけた。県立美術工芸学校主催の県下中小学校教員の美術講習会に列席の為であった。当日は学校から先生が二人、山まで迎えに来て荷物を持ってくれたので大《おお》いに助かったが、相当な難航であった。

県立美術工芸学校は現在も県会議員である橋本八百二画伯等の熱心な提唱斡旋によって一昨年漸く出来上った学校であるが、校長には美術史家の森口多里《たり》氏が当り、郷土出身の有数な美術家達が教職員に就任していて、だんだん一かどの芸術学府として、又技術修練の場としての位置を固めつつある。私も文化の地方分散を主張するものなので、岩手地方文化のため此の学校の発展に協力を惜しまない気でいる関係から、請われるままにこの講習会の一席に出た次第である。

めったに山を出ないので、今度出たついでにというわけか、諸方からたのまれて滞在五日間に都合七回ばかり談話をやらされた。最後の日に「豚の頭をくう会」というのを催したのは面白かった。

粗食を自慢にしている傾向のある地方に栄養食をもっと摂ってもらいたいと私はかねてから願っていた。人類はいつか必ず合成食料で十分の栄養をとり得るようになると思うが、そういう時のくるまで、人は鳥獣魚介を殺して自己の身を養わねばならないであろう。

むざんな事だが止むを得ない。日本の文化推進の道はまず生理の改革から始めねばならないと思うし、それには従来よりも多分に獣肉や乳類をとって積極的健康をはかる外ないといつも考えているのだが、肉をそんなに食うのはぜいたくだと人はいう。肉というと人はロースやヒレの事を考えるらしいが、私の経験では、肉の最も栄養あり且つ美味な部分は、人の多く顧みない所謂臓物というところである。牛の尻尾の「オクステイル」はもとよりの事、肝臓、腎臓、心臓、脳その他の内臓みな貴重である。しかも市価はコマギレの半分にもつかないので（花巻地方の市価肝臓百匁七十円）私は自分で専ら臓物をくうし人にもすすめていたのである。これを知って盛岡の有志が一夜「豚の頭をくう会」というものを催したわけなのであるが、話が幾分ずれて、当夜は豚の頭というよりもむしろ立派な北京料理の会となったようである。北京に二十余年もいた浜田さんという中華料理の達人が居て腕をふるったので、盛岡の文化方面の人達三十余名たのしい、又珍らしい会食となったのである。

盛岡で最も心を奪われたのは公園の見晴しから初めて見た岩手山の眺望であった。岩手山については又別に書くつもりである。

前便で書いた私の血をはく持病は例の通り二、三日間でなおってしまった。それ以後無事又頑健である。

【解題】

昭和二十五年二月十二日稿。四月一日発行『スバル』第一巻三号。

この記事の背景は幾つかの書簡でたどることが出来ます。

一月六日　今日は相当な吹雪です。まっしろに天地昏冥、まるで前方が見えず、外出不能です。これからはこんな日が多いでしょう。寒さは〇下二〇度以下にはなりません、今年は穴蔵が完全に出来ているので野菜類は凍らずにすみます。

十三日に盛岡の美術工芸学校にゆき、講演をする事になっています。明日はその準備をせねばなりません。ひげそり、洗髪。着服あらため、そんな事も中々厄介です。

盛岡での講演は二個所でやり、「社会に於ける美的要素」、「美の日本的源泉」というような題でしゃべるつもりです。其他「婦人之友」の支部の生活学校の始業式にもまいり、また少年刑務所にもゆくつもりです。それから西山村というところの開墾小屋に一二泊、十九か二十日帰ってくる予定です。帰ってきたら二日ばかり温泉で骨休めをします。

（一・一一　椛沢《かばさわ》ふみ子宛）

盛岡には五日間滞在、西山村に二三日滞在、十日間ほどで帰ってきました。

盛岡では五日間に七回講演、（美術工芸学校、図書館で二夜連続、婦人之友生活学校、少年刑務所、警察署、賢治子供の会等、）連日連夜の来客というわけで、帰来少々疲れ、休養していましたが、もう恢復しました、出かける日は風速十五〜二十米突という吹雪を冒しての行進だったのですが、二人迎えに来て荷を持ってくれたので助かりました、帰る日も若い人三人で小屋まで送ってきてくれました。盛岡から二ツ堰までは刑務所の自働車が運んでくれました。西山村では一里余の雪原を馬橇《うまぞり》にのりました。

盛岡滞在中は晴天の日多く、岩手山の偉容をはじめて満喫しました。実にいい山です。

（二・四　宮崎稔宛）


翌春開校の盛岡短期大学講師就任を、教育長や森口から懇望されましたが断っています。西山村は雫石町の北にあって、昭和三十年に旧雫石町と合併した農村。良馬の産地として知られています。ここには盛岡の画家深沢省三や長男竜一の小屋がありました。岩手美術工芸学校の教授だった深沢はこの年昇格した岩手短期大学の教授になっています。堀辰雄なども親しかった画家紅子はその妻です。

「豚の頭をくう会」は十八日夜、盛岡市大手先の菊屋旅館で催されました。宮沢賢治の詩「雨ニモ負ケズ」にある「玄米四合」を引いて、その不合理を説き、農村の食生活改善を主張した「玄米四合の問題」を書いたのは、山居間もない昭和二十二年四月の季刊『農民芸術』誌上でした。

「豚の頭をくう会」集合写真（前列右から4人目の奥まった位置に座すのが光太郎）

みちのく便り㈢

ことし四月十九日から三十日まで、盛岡市川徳画廊というところで智恵子の遺作切抜絵の展覧会があった。岩手のいくつかの美術団体と新岩手日報社という新聞社との共同主催であって、岩手アンデパンダン展覧会と同時に開かれ、その責任を持たれたのは画家深沢省三氏と彫刻家堀江赳《たけし》氏との両君であった。切抜絵は花巻病院長佐藤隆房氏宅にお預けしてある三百余枚の中から右の両君が選択された三十余枚、額ぶちに入れて落ちついた壁布のバックの上に一列にかけて並べてあった。私は四月廿九日に盛岡市に出かけ、三十日にこの展覧会を見た。

久しぶりに智恵子の作を見てやはり感動した。その上こうやって一度にたくさん並べて見たのは初めてなので、膝の上で一枚ずつ見るのとは違った、その全体から来る美の話しかけに目をみはった。一人の作が三十枚程あれば一つの雰囲気が生れる。人はその雰囲気の中で、丁度森の中をゆくような一種の匂《かぐ》わしさを感ずる。

見渡したところ智恵子の作は造型的に立派であり、芸術的に健康であった。知性のこまかい思慮がよくゆきわたり、感覚の真新らしい初発性のよろこびが溢れていた。そして心のかくれた襞《ひだ》からしのび出る抒情のあたたかさと微笑と、造型のきびしい構成上の必然の裁断とが一音に流れて融和していた。

ここにある切抜絵の取材は日常座右の蝕目であり、傾向としてはレアリスムであるが、既に抽象画派の境域を超えて来たものであるから、ただの素朴写実主義の幼稚に居るものではない。色調と積量との比例均衡に微妙な知性美がゆきわたり、一片の偶然性もゆるされていない。しかも自由で、自然で、潤沢で、豊饒で、時には諧謔的でさえある。のり巻、お皿のさしみ、うぐいす餅、イカの背骨とカラストンビ、多くの花々、温室ブドウ、小鳥とキウリ、小鳥とワラビ、果ては実物の薬包等々。みな溌剌としていた。これらの絵はみな色のある紙片をいろいろに切抜いて台紙の上に貼って作られている。智恵子はマニキュアに使う小さな反った鋏で紙を切抜き、それを形象の造型せられるように貼り合せて一つの絵画を作り上げている。絵画としてのトオンを紙の色と色とのせり合いと親和とによって得ている。一枚の包み紙の鼠色が高貴な銀灰色ともなるのである。紙を切る鋏の使い方と切った紙を台紙に貼る技術とには殆ど人間業でないものがある。極度のメチエである。智恵子はかねて油絵を研究していたが、パレット上の絵具をどうしても克服し得ず、その絶望感から一度はアダリン自殺を企てた。精神病院の一室で、今油絵具から解放された造型上の喜びが、これらの切抜絵の全面にあふれみなぎっているのを感じた。これらは皆今から十余年前に作られた一千余枚の一部分である。

尚お岩手大学精神病科の三浦信之博士が私にあの中で三枚だけ精神異状者の作品と認められるものがあると語られたことを附記する。

智恵子の紙絵

173　みちのく便り（三）

【解題】

昭和二十五年五月二十五日稿。七月『スバル』第一巻五号に発表。十一月二十日刊行の詩文集『智恵子抄その後』（龍星閣刊）には「智恵子の遺作展」として収められています。

三浦信之は明治三十一年山形県生れの精神科医。当時岩手医科大学教授で、南紫と名乗り俳句もよくしました。東北での公開の紙絵展は最初昭和二十四年十一月十九日から二十八日まで、山形市美術ホールで開催された「高村智恵子遺作切抜絵展」で、これは戦中から同市の真壁仁が保管していた作品によるものでした。

今度の展覧会を見て『新岩手日報』に寄せ

川徳画廊での切抜絵展の一コマ

た、行き届いた深沢紅子の感想の一部を抜粋しておきましょう。

かくまでに森羅万象を美しく感じ、それをかくまで自由奔放に表現出来た人がこの世にいたという事実を今さら驚かずにはいられない。……マチス先生もこの絵を見たらあのひげづらの美しい大きな目をみ張って、たゞ感嘆するだろうと思うのである。とも角もこれを見る万人は美しいとはどんな物か、単純の中の微妙とはどんなものかと言う事をこの絵によって深く感じさせられるだろう。

光太郎没後、優れた美術評論家河北倫明《みちあき》が書いています。

光太郎の存在は智恵子の荒漠たる美意識圏の中でもつねに輝いていたのであろう。この紙絵の真の作者は、到底いわゆる智恵子個人といったものではなかったと見るべきである。

（「紙絵の美しさ」昭和四〇・一二　高村豊周編『智恵子の紙絵』社会思想社）

裏返せば、河北が鋭く見透したものは、三陸の旅でも、病む智恵子の傍らでも、智恵子亡きあとの戦乱の中でも、そして独居自炊の山居七年のその後の生涯にも、光太郎の美意識圏の中で、智恵子は常に輝いていたに違いないという確信だったでしょう。

智恵子の作品を「紙絵」と呼ぶようになったのは、昭和二十六年六月の東京銀座資生堂画廊展以後です。この展覧会のカタログの最後に土方定一が記録しています。

この展覧会を催すことになったとき、これらの作品を切抜き絵とするかどうか話し合った。折よく中央公論社の松下（英麿）さんが高村さんのところに行かれるときであったので聞いてもらったところ、紙絵というジャンルが油絵というようにあってもいいだろう、ということであった。それで紙絵展とした。

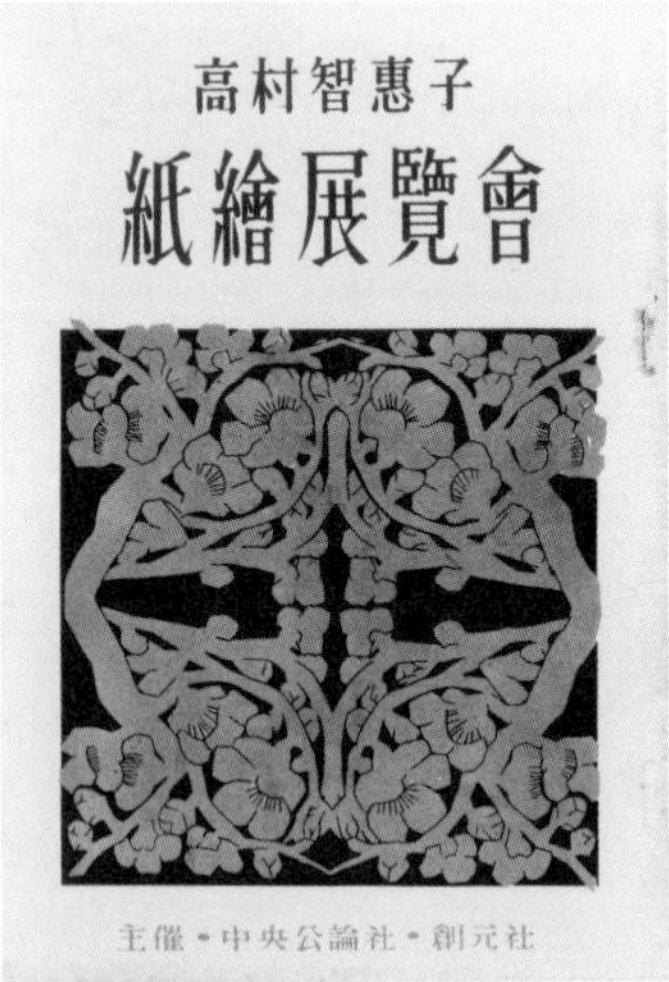

東京銀座資生堂画廊の展覧会カタログ

みちのく便り㈣

ことしの冬は肋間神経痛にやられて、今でもこうやって筆をとるとその痛みがつよくなる。移住後五年間の畑仕事という今までに経験のなかった相当な労働と、ことしの冬の異常にきびしかった寒さと、終戦後三四年間のあの恐ろしくひどかった食養生活――今から考えると、どうして無事であったかと思えるほどの粗食生活――との結果があらわれたものと見ている。内分泌の何かの不足があるのにちがいないから、一種の老年病で、自然が年齢に対する生理上警告と解すべきであろう。ことしは畑仕事にも労働過重にならないような工夫をし、小屋にも少し手を入れて荒い自然の脅威に備え、食生活を出来るだけ合理的にしようと考えている。症状はだんだん軽くなってきているから、そのうち自然治癒することと思うが、病気があとを引いて、季節のかわり目毎に出たりするようになっては愚かしいので、「心」の木村さんがよく利くと教えてくれた注射薬を手に入れて根から治してしまう気だ。この部落には医者も保健婦も居ないので、結局自分で注射する外ない。

病気の遠因は前述の通りだが、その近因としては、昨年の暮に検印紙の捺印を急いでしたのが利いたらしい。検印紙などというものを一々書物に貼らねばならぬような、習慣の不必要な時代に早くなってもらいたい。証券を貼った書物が高価な骨董品となる日がわたくしの生きているうちに来るかどうか、おぼつかない気がする。

遠因近因の外にこの病気には深因がある。それは精神の深いいたみだ。現代東洋に生れたものが必ず持っているにちがいない心の奥の悲傷は、人それぞれの生理に従って身体的に苦悩となる。呼吸するたびに痛むわたくしの肋間神経の痛みは、一語を吐くたびに傷むわたくしの精神奥処のうずきに照応する。この深因のある限り、一つの症状が治れば、又別の症状となっていつかは現われるだろう。これは覚悟の上だ。

今日は三月二十八日だが、山ではさかんに雪がふっている。一度ゆるんだ時候が逆戻りの形である。水田の赤蛙が今年はきっちり彼岸の入の日から啼きはじめたが、今日は黙っている。雪の中で啄木鳥《きつつき》だけが元気である。解けかけた雪の水は堰をきったように道路を流れ、短靴をはいてくる訪問者は立往生の外あるまい。今年の様子を見ると、雪と縁の切れるのはまず四月中旬であろう。雪が消えればサヤエン豆を播くのだが、それまでに痛みがとれてシャベルが持てるかしら。葱だけは雪中からも青い葉を出している。ニラとニンニクとはもう芽を出す頃だ。ニラの玉子とじが好きなので少々待ち遠しい。今年は雪の重みで井戸の上のさしかけ屋根が（かけさげと岩手ではいう）つぶれた。首をちぢめて水を汲み、顔を洗っている。

【解題】

昭和二十六年三月二十八日稿。四月六日清書。五月十五日発行『スバル』第八輯与謝野晶子没後十周年五月記年号に発表されました。この年の日記メモは現存していて、『みちのく便り』原稿書きなおし三枚清書」の文字が見えます。

前年十月十五日、中央公論社から「暗愚小伝」を含む戦後詩集『典型』を刊行しましたが、その序に

ここに来てから、私は専ら自己の感情の整理に努め、又自己そのものの正体の形成素因を窮明しようとして、もう一度自分の生涯の精神史をある一面の致命点摘発によって追求した。この特殊国の特殊な雰囲気の中にあっていかに自己が埋没され、いかに自己の魂がへし折られていたかを見た。そして私の愚鈍な、曖昧な運命的歩みに、一つの愚劣の典型を見るに至って魂の戦慄を覚えずにいられなかった。

と書いた光太郎は、その年末頃から胸部の痛みに悩みます。一月十五日には発作を推して山を

下り、水沢文化ホールで成人の日の講演を行った後、翌日は花巻温泉、十七日は花巻に出て病院長佐藤隆房宅に落ち着きますが、日記は「胸の症状は肋間神経痛と分かる、（吹出物も帯状吹出物と言う由、）」と記し、以後「施すべき方もなく神経痛ただじっとしている」「まだ神経痛減退せず」「息切れもやまず」の記事にまじって、「下痢」「血便かなり」「セキつづくと出血す」がしばしば現れます。

二月七日に小屋に戻った時には「病院の熊谷さんと大工さん同道、院長さん停車場までダットサン運転、二ツ堰にて岡田さん出迎え、手橇《てぞり》に荷と余とのり三人にて引き又おす」という有様でした。

『心』の木村さんは雑誌『心』の編集者として光太郎と交渉のあった木村修吉郎。注射薬というのはテプロンという自律神経遮断薬でした。

「みちのく便り」の連載が始まった昭和二十五年二月に書かれ、後に詩集『典型』の題名にも選ばれた詩「典型」は次のように歌います。

典型

今日も愚直《ぐちょく》な雪がふり
小屋はつんぼのやうに黙りこむ。
小屋にゐるのは一つの典型、
一つの愚劣の典型だ。
三代を貫く特殊国の
特殊の倫理に鍛へられて、
内に反逆の鷲の翼を抱きながら
いたましい強引《ごういん》の爪をといで
みづから風切の自力をへし折り、
六十年の鉄の網に蓋はれて、
端坐粛服、
まことをつくして唯一の倫理に生きた
降りやまぬ雪のやうに愚直な生きもの。

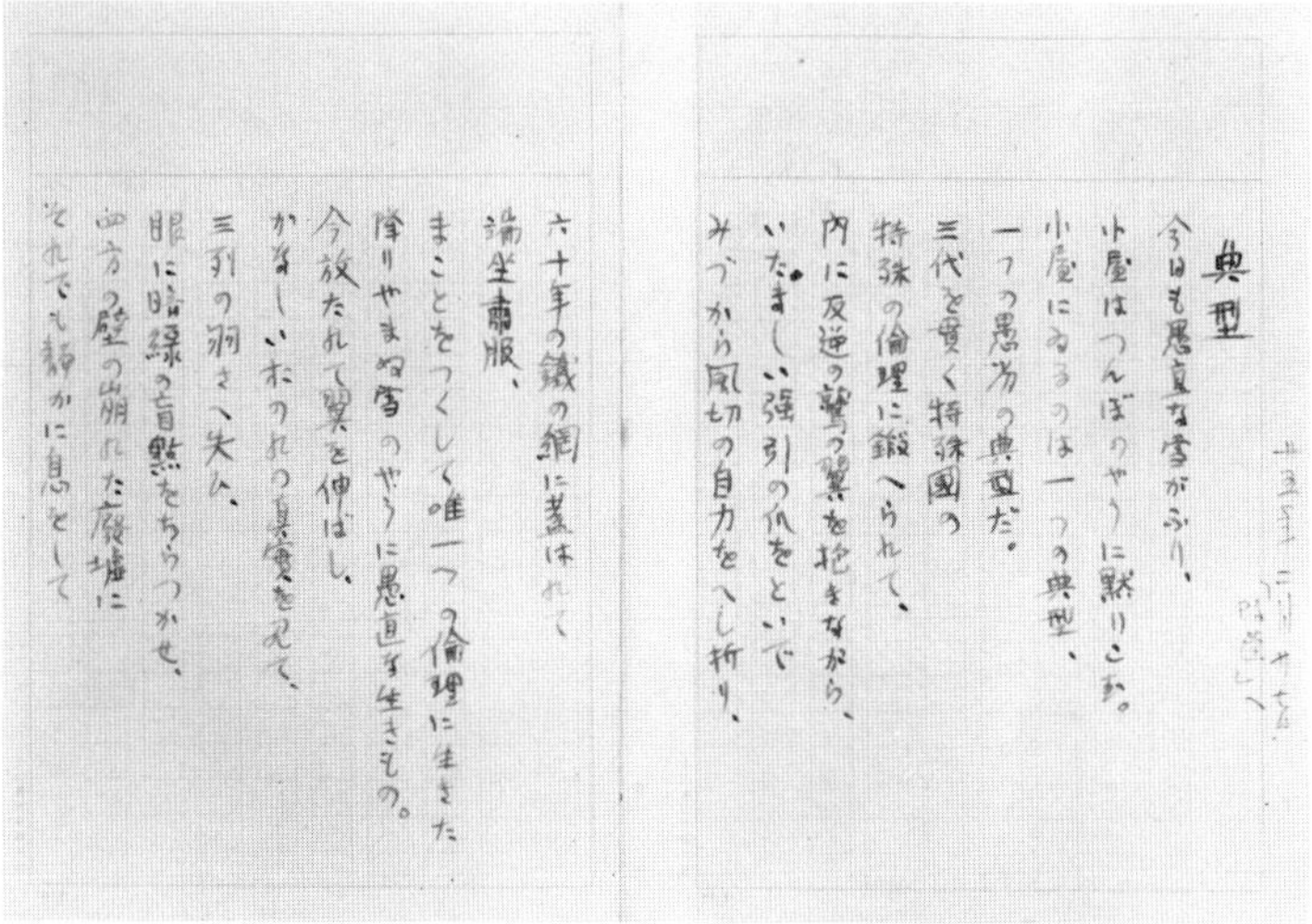
典型
今日も愚直な雪がふり、
小屋はつんぼのやうに黙りこむ。
小屋にゐるのは一つの典型、
一つの愚劣の典型だ。
三代を貫く特殊国の
特殊の倫理に鍛へられて、
内に反逆の鷲の翼を抱きながら、
いたましい強引の爪をといで
みづから風切の自力をへし折り、
六十年の鐵の網に蓋はれて
端坐粛服、
まことをつくして唯一つの倫理に生きた
降りやまぬ雪のやうに愚直な生きもの。
今放たれて翼を伸ばし、
かなしいおのれの真実を見て、
三列の羽さへ失ひ、
眼に暗緑の盲点をちらつかせ、
四方の壁の崩れた廃墟に
それでも静かに息をして

詩稿「典型」

今放たれて翼を伸ばし、
かなしいおのれの真実を見て、
三列の羽さへ失ひ、
眼に暗緑の盲点をちらつかせ、
四方の壁の崩れた廃墟に
それでも静かに息をして
ただ前方の広漠に向ふといふ
さういふ一つの愚劣の典型。
典型を容れる山の小屋、
小屋を埋める愚直な雪、
雪は降らねばならぬやうに降り、
一切をかぶせて降りにふる。

（昭和二五・二・二七作　『改造』四月）

「みちのく便り」その後

北川太一

「裸形」

最初の「みちのく便り」が発表された同じ年一月、『新女苑』の新年号に「元素智恵子」「メトロポオル」「裸形」「案内」「あの頃」「吹雪の夜の独白」からなる「智恵子抄その後」六篇が一挙に掲載されました。草稿には昭和二十四年十月三十日清書と記されていて、各篇の制作年代は明らかではありません。詩「人体飢餓」の翌年、さきに引いた「若しも智恵子が」の半年あまり後の作品です。

六篇全部を引用したい誘惑に駆られますけれど、その中から四編だけを書き写しておきましょう。

元素智恵子

智恵子はすでに元素《げんそ》にかへつた。
わたくしは心霊独存の理を信じ
ない。
智恵子はしかも実存する。
智恵子はわたくしの肉に居る。
智恵子はわたくしに密着し、
わたくしの細胞に燐火を燃やし、
わたくしと戯れ、
わたくしをたたき、
わたくしを老いぼれの餌食にさ
せない。
精神とは肉体の別の名だ。
わたくしの肉に居る智恵子は、

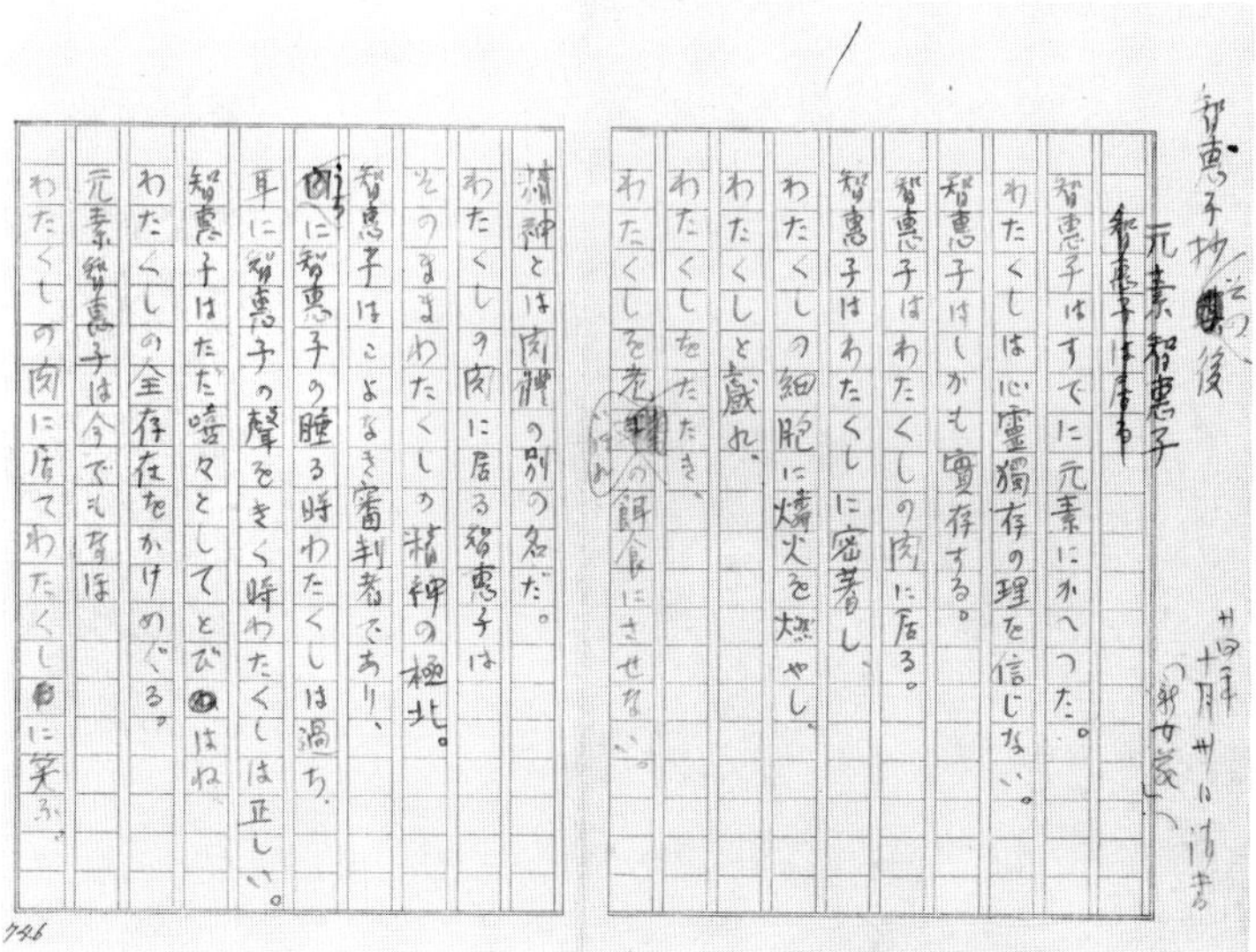
元素智恵子
智恵子はすでに元素にかへつた。
わたくしは心霊獨存の理を信じない。
智恵子はしかも實存する。
智恵子はわたくしの肉に居る。
智恵子はわたくしに密着し、
わたくしの細胞に燐火を燃やし、
わたくしと戯れ、
わたくしをたたき、
わたくしを老耄の餌食にさせない。
精神とは肉體の別の名だ。
わたくしの肉に居る智恵子は
そのままわたくしの精神の極北。
智恵子はこよなき審判者であり、
内に智恵子の睡る時わたくしは過ち、
耳に智恵子の聲をきく時わたくしは正しい。
智恵子はただ嬉々としてとびはね、
わたくしの全存在をかけめぐる。
元素智恵子は今でもなほ
わたくしの肉に居てわたくしに笑ふ。

詩稿「元素智恵子」

そのままわたくしの精神の極北。
智恵子はこよなき審判者であり、
うちに智恵子の睡《ねむ》る時わたくしは過ち、
耳に智恵子の声をきく時わたくしは正しい。
智恵子はただ嘻々としてとびはね、
わたくしの全存在をかけめぐる。
元素智恵子は今でもなほ
わたくしの肉に居てわたくしに笑ふ。

メトロポオル

智恵子が憧れてゐた深い自然の真只中に
運命の曲折はわたくしを叩きこんだ。
運命は生きた智恵子を都会に殺し、

都会の子であるわたくしをここに置く。
岩手の山は荒々しく美しくまじりけなく、
わたくしを囲んで仮借しない。
虚偽と遊惰とはここの土壌に生存できず、
わたくしは自然のやうに一刻を争ひ、
ただ全裸を投げて前進する。
智恵子は死んでよみがへり、
わたくしの肉に宿つてここに生き、
かくの如き山川草木にまみれてよろこぶ。
変幻きはまりない宇宙の現象、
転変かぎりない世代の起伏。
それをみんな智恵子がうけとめ、
それをわたくしが触知する。
わたくしの心は賑ひ、

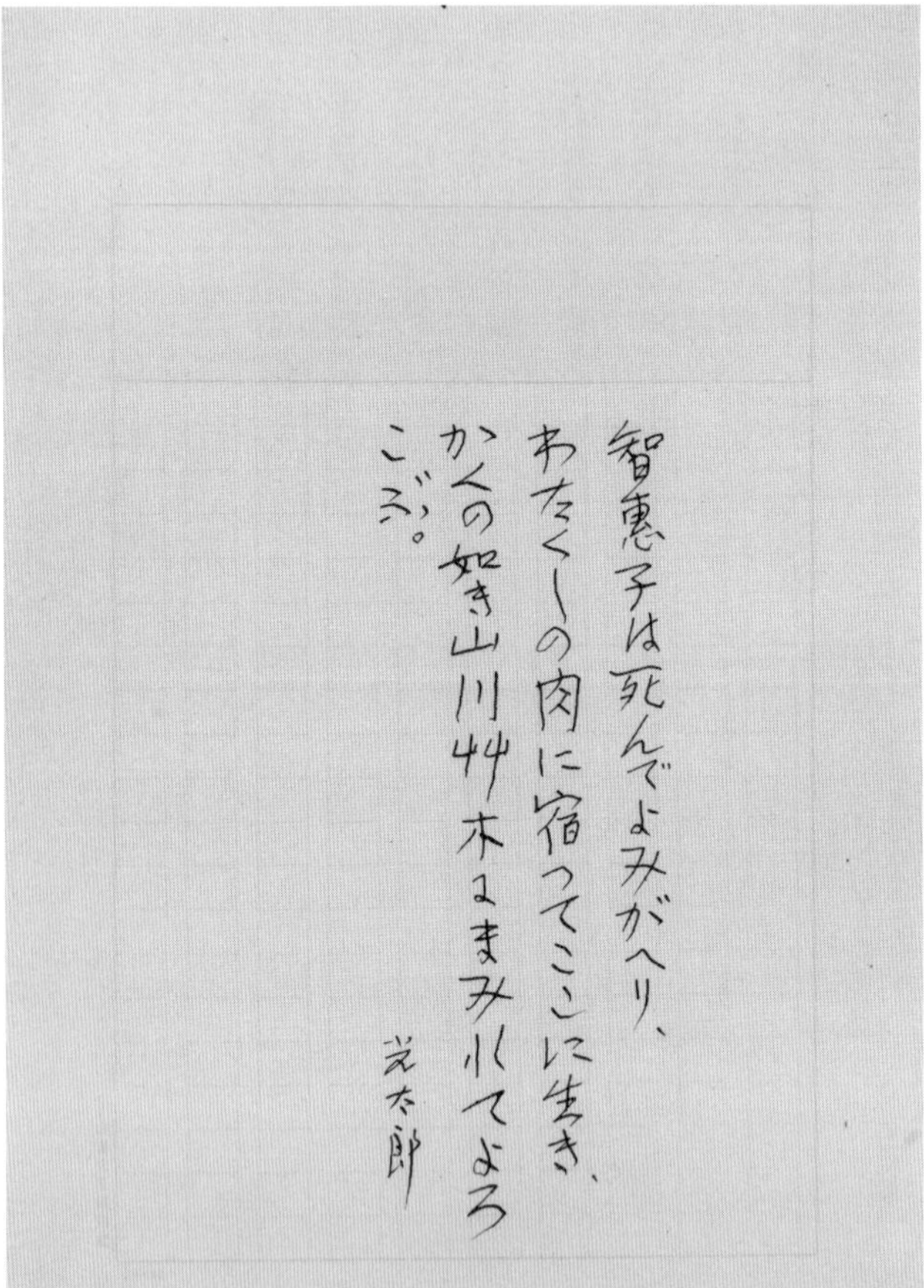
智恵子は死んでよみがへり、
わたくしの肉に宿つてここに生き、
かくの如き山川艸木にまみれてよろ
こぶ。
光太郎

光太郎書「メトロポオル」より

山林孤棲と人のいふ
小さな山小屋の囲炉裏に居て
ここを地上のメトロポオルとひとり思ふ。

＊メトロポオル＝首都、中心地。

裸形

智恵子の裸形《らぎよう》をわたくしは恋ふ。
つつましくして満ちてゐて
星宿《せいしゆく》のやうに森厳で
山脈のやうに波うつて
いつでもうすいミストがかかり、
その造型の瑪瑙《めのう》質に
奥の知れないつやがあつた。

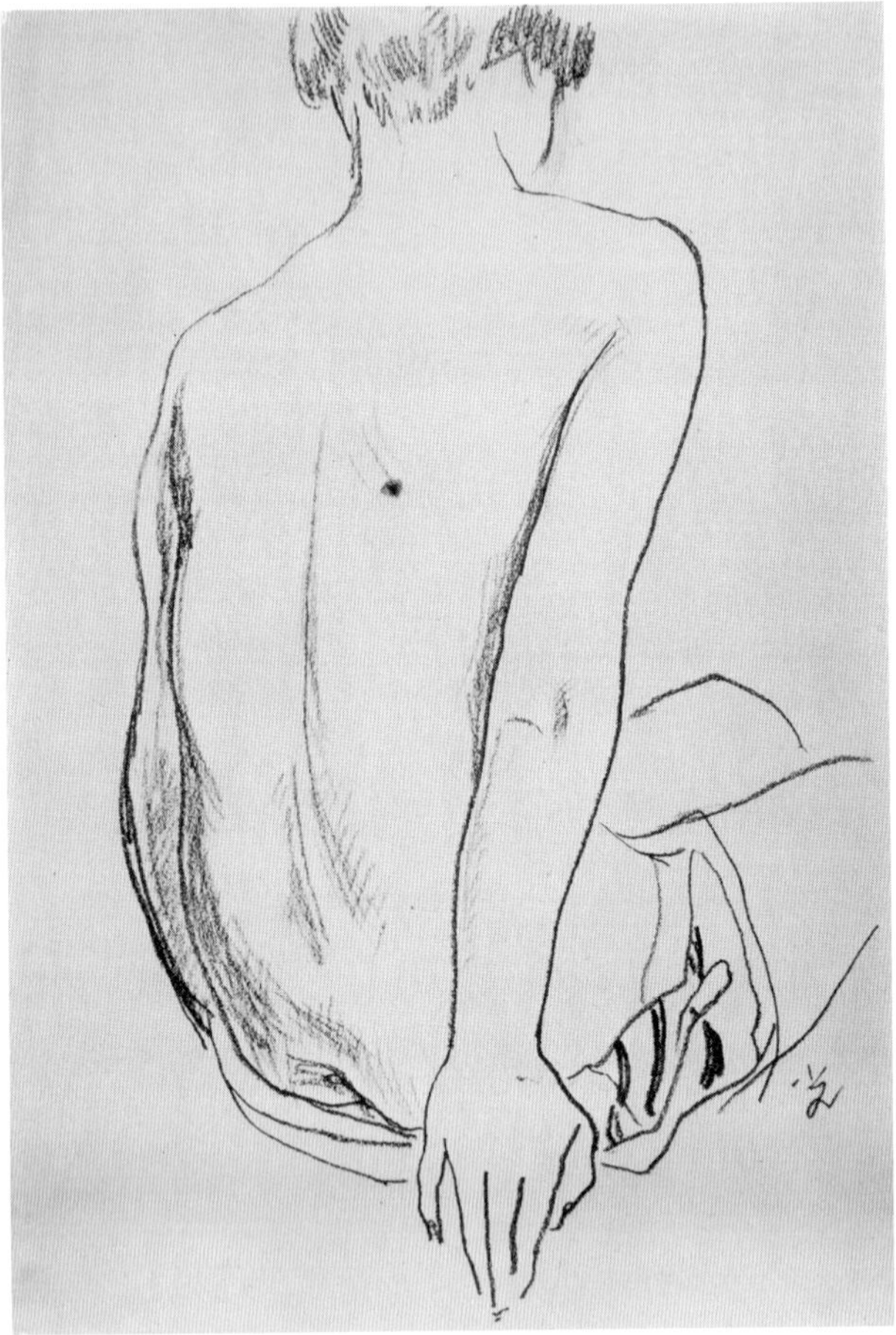

光太郎画「ほくろ」(大正前期、智恵子の背中を描く)

智恵子の裸形の背中の小さな黒子《ほくろ》まで
わたくしは意味ふかくおぼえてゐて、
今も記憶の歳月にみがかれた
その全存在が明滅する。
わたくしの手でもう一度、
あの造型を生むことは
自然の定めた約束であり、
そのためにわたくしに肉類が与へられ、
そのためにわたくしに畑の野菜が与へられ、
米と小麦と牛酪とがゆるされる。
智恵子の裸形をこの世にのこして
わたくしはやがて天然の素中《そちゅう》に帰らう。

案内

三畳あれば寝られますね。
此れが水屋。
これが井戸。
山の水は山の空気のやうに美味。
あの畑が三畝《せ》、
いまはキヤベツの全盛です。
ここの疎林がヤツカの並木で、
小屋のまはりは栗と松。
坂を登るとここが見晴し、
展望二十里南にひらけて
左が北上山系、
右が奥羽国境山脈、

智恵子の生家の裏山から望む阿武隈川と安達太良山遠望

まん中の平野を北上川が縦に流れて、
あの霞んでゐる突きあたりの辺が
金華山沖といふことでせう。
智恵さん気に入りましたか、好きですか。
うしろの山つづきが毒が森。
そこにはカモシカも来るし熊も出ます。
智恵さん斯《こ》ういふところ好きでせう。

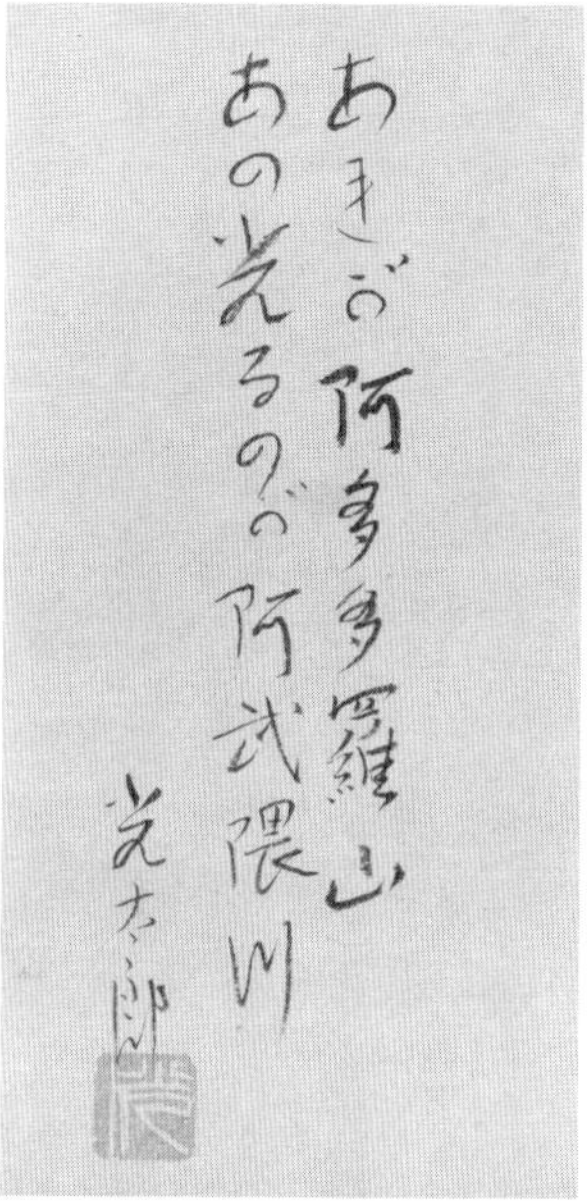

光太郎書「あれが阿多多羅山…」（昭和16年）

かつて智恵子がその郷里を「あれが阿多多羅山／あの光るのが阿武隈川」（大正一二・三「樹下の二人」）と案内したように、今度は光太郎がその終《つい》に至りついた棲家や取り巻く自

「裸婦像」制作にとりかかり始めた光太郎（昭和27年、中野のアトリエにて）

然を智恵子に示すのです。

詩「裸形」が予言したように、思いもかけず青森県から十和田国立公園功労者顕彰記念碑の彫像依頼の知らせがもたらされたのは、佐藤春夫の懇篤《こんとく》な書簡を持って建築家谷口吉郎と詩人藤島宇内《うだい》が山小屋を訪れた昭和二十七年三月のことでした。六月、現地視察に向かった光太郎は、佐藤春夫夫妻や、草野心平、谷口、彫刻家菊池一雄らとともに湖に船を浮かべて、美しい自然に感動し、金メッキをしたブロンズ像を湖底に沈めたいと幻想したりしました。

記念碑の設計者でもある谷口が光太郎

が亡くなった直後に書いた回想、「十和田記念像由来」は、光太郎の内面を思い深く記録しているので、すこし長くなりますがその一節を写しておきましょう。休屋《やすみや》の宿に一泊した朝のことです。

まだ心平さんと私が寝ている部屋に、高村さんが入ってこられ、突然「東京に出よう」とおっしゃった。私も心平さんも驚いた。昨日までは、決して、東京に帰らぬと、あれほど今までの意志を守っていられたのであったが、昨夜はきっと深く考えられたのであろう。彫刻のためには、どうしても東京でなければならないと覚悟されたのに相違あるまい。それこそ一生の決意だった。

更に、私に、「裸婦でもいいだろうか」とたずねられた。私は、むろん作者の構想こそ第一に重んじられねばならないことだし、青森県もきっとそれを尊重してくれるだろうが、もし了解を必要としたり、また誤解を解かねばならぬ時には、私ばかりでなく、佐藤春夫さん始め、草野さんも、菊池さんもそのために努力されるだろうとお答えした。

なお、東京のアトリエのことなどを相談しているうちに、「智恵子を作ろう」と、ひとりごとのように高村さんは述懐された。それは高村さん自身の作意を洩らされたものであったので、私はそれに対して別に言葉をさしはさむ考えはなかった。しかし、高村さんはその言葉のあとで、そんな個人的な作意を十和田のモニュマンに含ませることは、計画者の青森県に何かすまないような気がすると、そんな意味の言葉を申し添えられた。

だが、「智恵子さん」は高村さんのものであっても、も早や智恵子さんは高村さんだけのものではない。それは万人の心に響く永遠の像となっている。従って、十和田湖の美に深く感動した彫刻家が制作する永遠像が、同じくこの仙境の風光に強く感動し、この地に骨までを埋めた文人桂月、ならびにそれを世に広く紹介しようとした人々の功績をたたえるために、湖に捧げられることは、むしろ詩と彫刻の結合だと云わねばならぬ。それこそ美しい記念の造型だと私は思った。高村さんが作られた詩「人体飢餓」や「裸形」を愛唱する人には、これから高村さんが作られようとしている裸婦像が、智恵子像になることは説明を要しないことであろう。
しかし、作者自身にとっては、個人的な感情から、第三者に対してそれをはばかりたいようなお気持であることが、その時の高村さんの表情からも私に察しられた。そのために、私はその日、高村さんの上京の決心を青森県の人に告げる時にも、またその後も、智恵子像のことだけは発表をひかえた。

(昭和三一・六『文芸』臨時増刊「高村光太郎読本」河出書房)

昭和二十三年四月に作られた詩「人体飢餓」はいままで引用しませんでしたが「彫刻家山に飢ゑる。／くらふもの山に余りあれど、／山に人体の饗宴なく／山に女体の美味が無い。／精神の蛋白飢餓。／造型の餓鬼。／また雪だ。」の第一連にはじまり「雪女出ろ。」と訴えかける七十行を超える長大な詩で、第五連では

戦争はこの彫刻家から一切を奪つた。
作業の場と造型の財と、

一切の機構は灰となつた。
身を以て護つた一連の鑿《のみ》を今も守つて
岩手の山に自分で自分を置いてゐる
この彫刻家の運命が
何の運命につながるかを人は知らない。
この彫刻家の手から時間が逃がす
その負数《モワン》の意味を世界は知らない。

とうたっています。

智恵子の首やその裸像制作の意図は、恐らくアトリエ同棲以前からあったでしょう。大正五年頃の石膏着彩の智恵子の首の写真が残されています。その頃の、ほくろのある智恵子の背中の素描もありました。しかし智恵子がゼームス坂病院に入院した直後の昭和十年八月十七日付で中原綾子に宛てた書簡には、今は父の一周忌記念像にかかっていることを記し、将来の目論見の中に「人間になった観世音」を挙げています。初期の優作「手」も観世音菩薩の施無畏《せむい》の印相を持ち、五本の指とその間の空白は群像のように動き生きて天極を指差しました。

　ある日、光太郎はこの手について書きました。

「手」(ブロンズ、大正7年)

　今わたくしの部屋に観世音の手が置いてある。施無畏の印相といえばどんなむずかしい、いかめしい印相かと思うと、それはただ平らに静かに前の方へ開いた手に過ぎない。平らに開いた手が施無畏である為にはどんな体内の生きた尺度が

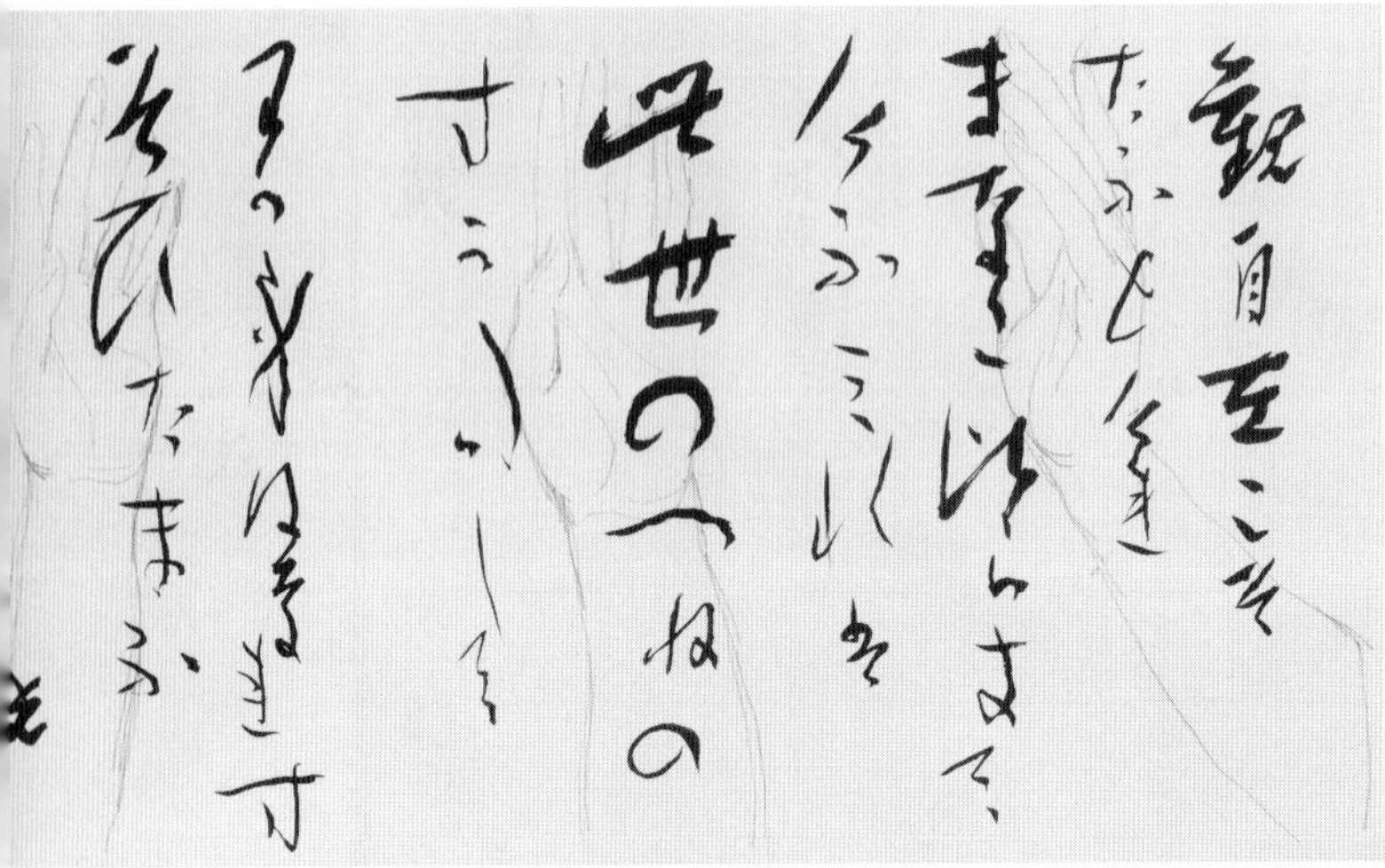

光太郎書「観自在こそ…」(「有機無機帖」昭和29年)

必要なのか。

（昭和八・一作　黄瀛《こうえい》詩集『瑞枝《みずえ》』序

九・五　ボン書店）

明らかに智恵子の名を冠した観音像の名は、宮沢家に仮寓していた昭和二十年七月三日付の手紙にも「小生今に智恵子観音という彫刻をつくりますから」として現れ、終戦後二度目の冬の今様風の歌にもつながります。

観自在こそ　たふとけれ
まなこひらきて　けふみれば
此世のつねの　すがたして

わが身はなれず　そひたまふ

その後も「智恵子観音の原型もそのうち試みるつもりです」とか「智恵子観音のエスキッスは粘土で小さく試みて見ます」（昭和二三）として書簡に散見しますが、もっとも具体的に語ったのは、『典型』刊行の年、昭和二十五年九月号の雑誌『地上』に掲載された神埼清との対談「自然と芸術」の中ででした。

ぼくには智恵子が、一ばんありがたかった。その気持をこめて、智恵子の顔とからだを持った観音像を一ぺんこしらえてみたいと思っています。仏教的信仰がないからおがむものではないが、美と道徳の寓話としてあつかうつもりです。ほとんどはだかの原始的な観音像になるでしょう。

裸婦群像

光太郎は青森県の依嘱に智恵子の裸形を此の世に遺す、最後の機会の到来を感じたに違いありません。

十月、その制作のため帰京した光太郎は、中野の新制作派の画家、故中西利雄のアトリエに入って、光太郎としては驚くほど早く、雛形から七尺の原型まで、翌年六月には完成しました。その報告会の席上で語っています。

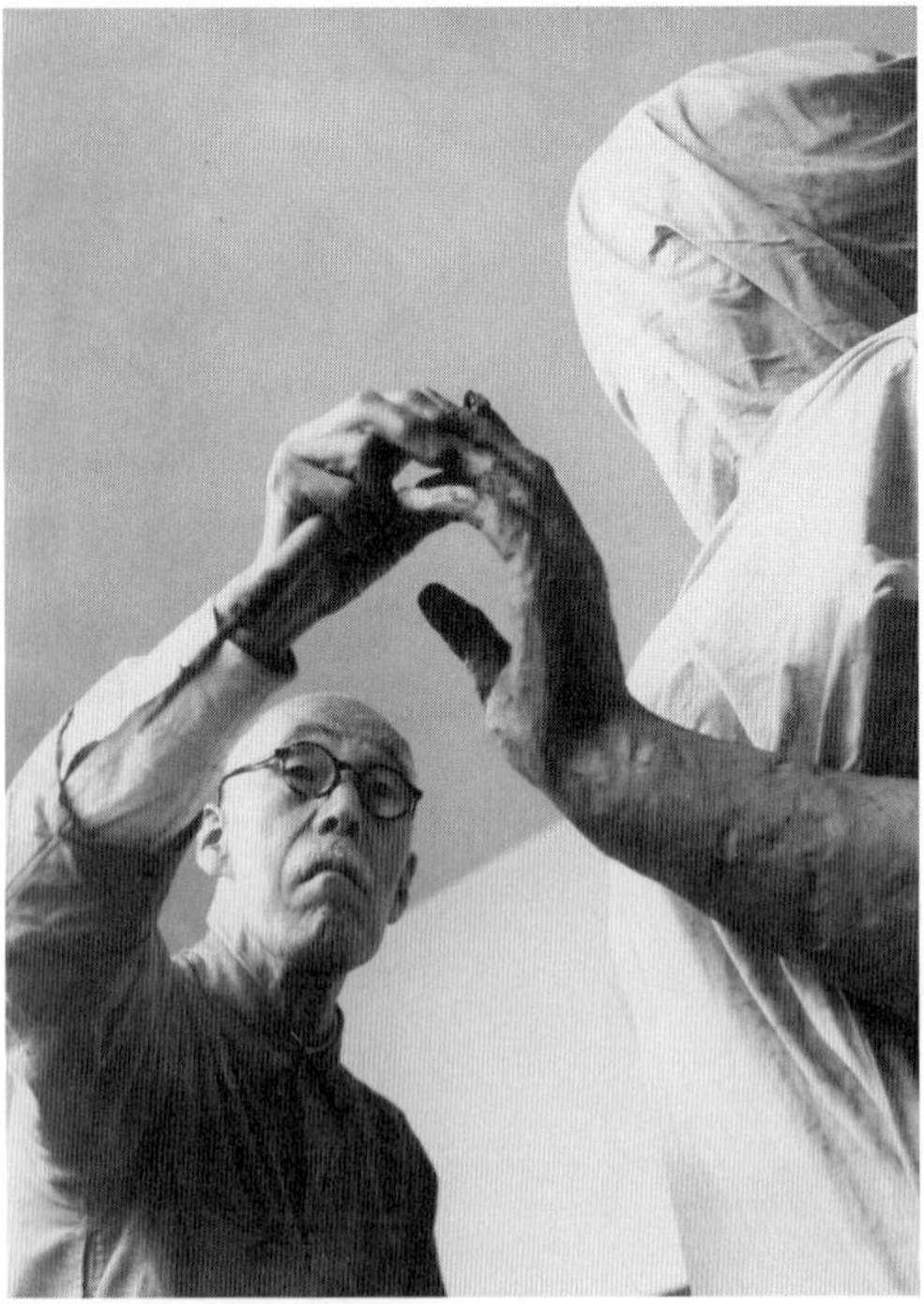

「裸婦像」制作風景（昭和28年、中野のアトリエにて）

いろいろポーズを考えたのですが……ひょっと、湖の上を渡っているときの感じが、自分で自分の姿を見ているような……あのときうけたのが頭に出て来て、それで同じものを向い合せて、お互いに見合っているようにしたらと思って、それでこういうようなものを考え付きました。しかし初めは、同じものを二つ置くというとちょっと類がないものですから躊躇したのですが、かまわないと思って、とうとうそういうふうにこしらえました。……

造形的には群像になりますから、像ばかりでなく、像と像の間に出来るいろいろな空間が面白い。

山にいたときの傾向ですと、ある程度を超えた重労働をすると、必ず血を吐いたものですから、今度仕事をするとグッと吐いて倒れちゃって、出来なくなるのではないかと思ったりしましたけれども、東京に来たら血が出なくなってしまった。……その点は非常に良いのですけれど神経痛の方はやっぱり山にいたときと同じ程度で、あるいはときによるとすこし強まったのです。しかしこれは脚立の上に乗って手を伸ばしながら粘土をいじるものですから、どうしてもやむを得ないので、これは今日以後、老人医学の先生のところに行って、癒してしまおうと思っております。

観音の印相を持つ二体の裸婦群像は昭和二十八年八月二十一日十和田湖畔休屋の御《ご》前《ぜん》ヶ浜に除幕されました。

除幕式のあとの講演で

あの像では像の後の足をスーッとひいているが、あの場合には踵《かかと》が上るのが本当なんだけれども、わざと地につけている。彫刻ではそういう不自然をわざとやるんです。あれが踵が上がっていたら、ごくつまらなくなる。そういうところに彫刻の造型の意味があります。あれを一人ずつ切り離してみるとのめって見えて真横から見れば危ないように感ずるかも知れませんが、彫刻はマッスの面白さにあるのです。群像になると殊にそうです。

十和田湖畔に建つ「裸婦群像」(ブロンズ、昭和28年)

と語っています。向かいあった二人の裸婦が全く同型で、鏡対照でないことにも注意しておきましょう。そのために、のち彫刻家高田博厚をして「やたらにある日本の銅像の中で、これだけ気品の高いものがあるか。彼は智恵子の顔をそのままに写した。一つの像を二つ向き合わせて立たせる構成の美しさ、彼は長い間考えて、最後の作で実現させたのであるが、……あらゆる文学的感傷を排除して、その像は自然の中に調和していて、自然を裏切らない」(昭和四七・九『高村光太郎の人間と藝術』）と言わせたのでした。

いつか智恵子の裸形をこの世に遺して、自分は「天然の素中に帰らう」と書いた光太郎ですが、思い果たした裸婦像に向かって、幾千年のいのちを祈り呼びかけるのです。

十和田湖畔の裸像に与ふ

銅とスズとの合金が立つてゐる。
どんな造型が行はれようと
無機質の図形にはちがひがない。
はらわたや粘液や脂や汗や生きものの
きたならしさはここにない。
すさまじい十和田湖の円錐空間にはまりこんで
天然四元の平手打をまともにうける

銅とスズとの合金で出来た
女の裸像が二人
影と形のやうに立つてゐる。
いさぎよい非情の金属が青くさびて
地上に割れてくづれるまで
この原始林の圧力に堪へて
立つなら幾千年でも黙つて立つてろ。

（昭和二八・一一・一五〜一六作
二九・一『婦人公論』）

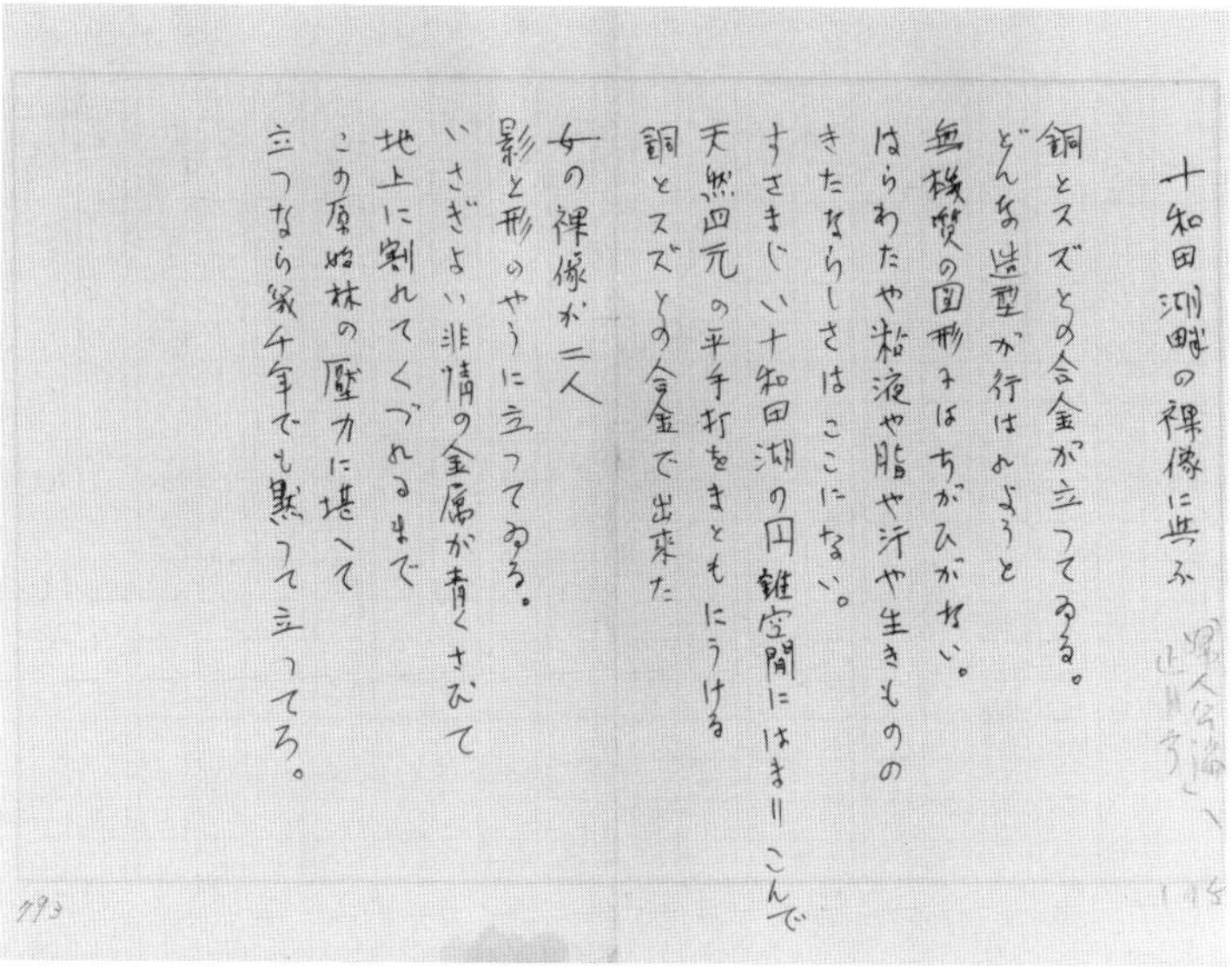
十和田湖畔の裸像に与ふ

銅とスズとの合金が立つてゐる。
どんな造型が行はれようと
無機質の図形にはちがひがない。
はらわたや粘液や脂や汗や生きものの
きたならしさはここにない。
すさまじい十和田湖の円錐空間にはまりこんで
天然四元の平手打をまともにうける
銅とスズとの合金で出来た
女の裸像が二人
影と形のやうに立つてゐる。
いさぎよい非情の金属が青くさびて
地上に割れてくづれるまで
この原始林の圧力に堪へて
立つなら幾千年でも黙つて立つてろ。

詩稿「十和田湖畔の裸婦に与ふ」

光太郎の死

光太郎に制作意欲は溢れ、様々な夢を語りましたが、病める肉体は既に制作に耐えません。結局これが完成された最後の作品となりました。

療養に努めながら、病床で詩も生まれ、どうしても語り残しておきたかったことを雑誌に連載し、最後の芸術として「書」に深く関心を注ぎながら昭和三十一年四月二日、東京には珍しい春の大雪の積もる払暁《ふつぎょう》、アトリエで七十三歳の生涯を閉じました。

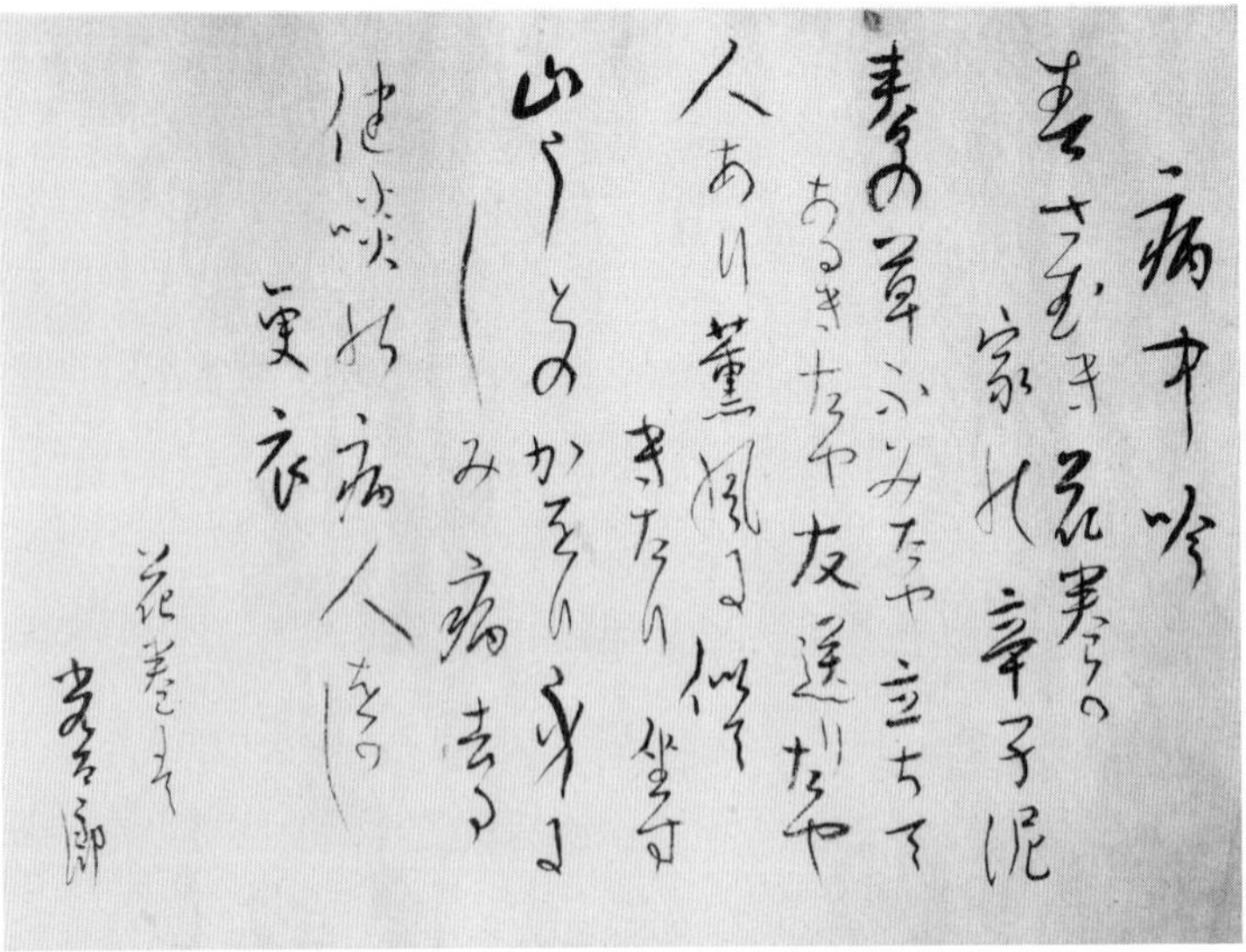

光太郎書「病中吟」(昭和20年)

雑誌『新潮』に連載した「アトリエにて」の新年号の文章では、生涯の芸術論を締めくくるように「生命の創造」を語り、遺稿となった最後に続く二編は「焼失作品おぼえ書」として、戦火によって失われた作品への愛惜を綴ります。

「生命の創造」の最後の一節はこんなふうに結ばれました。

いのちあるものを見るのは無限にたのしい。いのちあるものはまた無限にかなしい。このよろこびとかなしみとを定着しようとして人間は芸術という形において神をまね、神を冒した。……ただどのような転変が行われても、芸術のよりどころとなる一点はいのちの有無にかかっているにちがいない。人間の手による生命の創造が可能になっても、生きて動き、生れて死ぬいのちがこの世にある限り、人間は芸術によるいのちの創造を決してやめないだろう。

死の前夜まで病床に付添った草野心平の詩は、いまもいつまでも読む者の心に沁みます。

光太郎書「不生不滅」（昭和24年）

高村光太郎死す　草野心平

アトリエの屋根に雪が。

しししししししふりつもり。

七尺五寸の智恵子さんの裸像がビニールをかぶって淡い灯をうけ夜は更けます。

フラスコのなかであわだつ酸素。


「そろそろ死に近づいているんだね。」

それからしばらくして。

「アダリンを飲もう。」


ガラス窓の曇りをこすると。

紺がすりの雪。

そしてもう。
それからあとは言葉はなかった。
　智恵子の裸形をこの世にのこして。
　わたくしはやがて天然の素中に帰ろう。

裸像のわきのベッドから。
青い炎の棒になって高村さんは。
天然の素中に帰ってゆかれた。
四月の雪の夜に。
しんしん冷たい April Snow の夜に。
（四・三『朝日新聞』）

珍しい四月の雪はまるでみちのくから来て、天上する

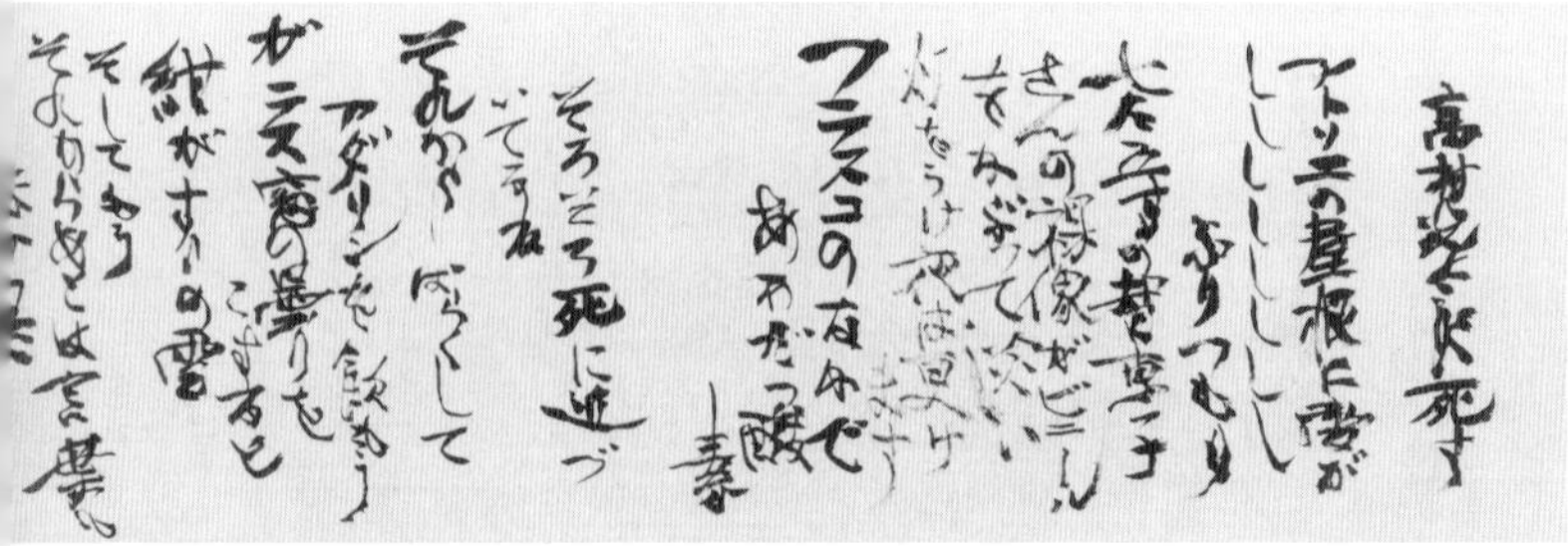

光太郎をつつみ迎えるように、前日から激しく吹雪き、奇蹟のように東京の町々を白一色に彩ったのでした。

あの日から五十五年、東日本一帯を襲った千年に一度ともいう大地震や津波の大災害は、更に原子力発電所の壊滅という予測を超えた未曾有の出来事を加えて、この国の未来のありようを問いかけています。光太郎が予言するようにうたった「白鳥の歌」、最後の詩「生命の大河」には、こんな詩句が見られるのです。

……
人類の文化いまだ幼く
源始の事態をいくらも出ない。
人は人に勝とうとし、

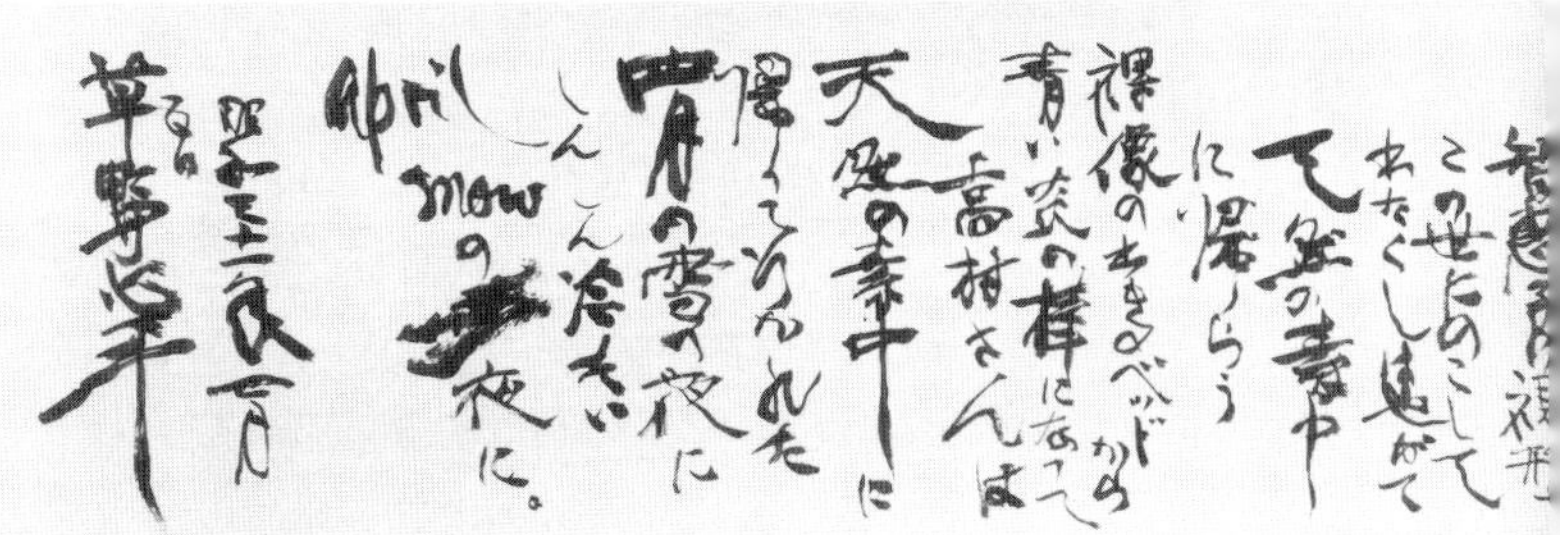

草野心平書「高村光太郎死す」(昭和31年)

すぐれようとし、
すぐれるために自己否定も辞せず、
自己保存の本能のつつましさは
この亡霊に魅入られてすさまじく
億千万の知能とたたかい、
原子にいどんで
人類破滅の寸前にまで到着した。

科学は後退をゆるさない。
科学は危険に突入する。
科学は危険をのりこえる。
放射能の故にうしろを向かない。
放射能の克服と
放射能の善用とに

科学は万全をかける。
原子力の解放は
やがて人類の一切を変へ
想像しがたい生活図の世紀が来る。
……

共にほしいままに生きて、今もごうごうと流れる生命の大河に耳をこらし、一切の「物」ことごとく光る未来図のあるべき姿を問いかけて止まない光太郎智恵子の生に、私たちもまた命をかけて応えなければならないでしょう。

人類の文化いまだ幼く、
原始の状態をいくらも出ない。
人は人に勝とうとし、
すぐれようとし、
すぐれるために自己否定も辞せず、
自己保存の本能のつつましさは
その亡霊に魅入られてすさまじく、
億千万の知能とたたかい、
原子にいどんで
人類破滅の寸前にまで到着した。

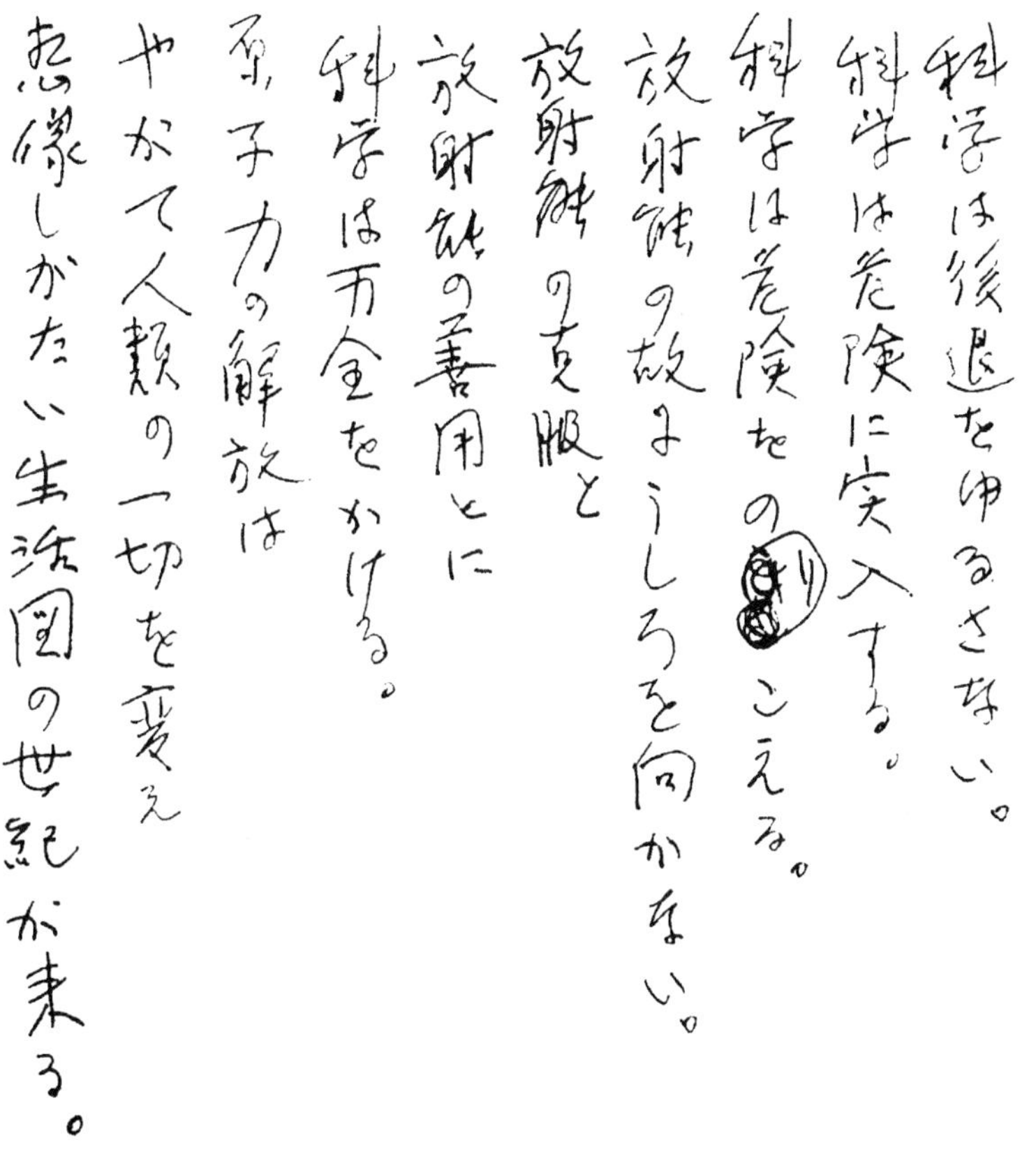

科学は後退をゆるさない。
科学は危険に突入する。
科学は危険をのりこえる。
放射能の故にうしろを向かない。
放射能の克服と
放射能の善用とに
科学は万全をかける。
原子力の解放は
やがて人類の一切を変え
想像しがたい生活図の世紀が来る。

詩稿「生命の大河」より（昭和30年）

あとがき

光太郎の「三陸廻り」に描かれたのは今から八十年前の三陸です。光太郎の目に映り、心に残った三陸は、ことに今度の三・一一の災害の後では、もうこれを読む人々のこころの中にしかありません。しかしそれは無くしてもいいものでしょうか。過去の度重なる災害から不死鳥のように蘇ったかけがえのないこの風土と人情は、更に純化され再生されなければなりません。

光太郎との短いゆかりを何よりも尊び、親しくしていただいた石巻や女川の人々、ことに女川の光太郎の会の仲間たちに心からのエールを送ります。亡くなった会長佐々木廣さんをはじめ、文学碑の建設や年毎の記念祭に、夜を徹して準備して下さった皆さんの姿が、眼を閉じるといつも見えます。

そして祈ります。生粋の江戸っ子でありながら、智恵子を生み、育て、そのこころに生き続けた智恵子とともに行き着いた終の棲家。晩年の山居七年をそこに過ごし、智恵子の裸婦群像を残したみちのくの人と山河が、あらゆる困難をのりこえて、これからも二人の願った豊かな愛と美を生み続けますように。

改めて思います。人間の真実を追い求めて光太郎智恵子が生涯をかけて戦ってきた全ての出来事が、今も私たちの身辺に充満していることを。いつになったら克服できるか分からないそんな未来のために、私たちの耳にはいつも聴こえます。たじろがず常に天極を目指して進んだ二人の、「いのちあふれよ、日々に新たに」と語りかける声が。

この本を編みながら座右に置いて利用させていただいたのは、岩手、宮城、福島各県の百科事典類、地理風俗大系、角川書店の『日本地名大辞典』、吉村昭氏の『三陸海岸大津波』（文藝春秋社）など。その他一切は二玄社結城靖博氏のお世話になりました。同社会長渡邊隆男氏とのかかわりは、光太郎の生前にさかのぼります。この書刊行についてのご理解とご尽力を戴いた渡邊也寸美社長のお二人とともに、厚くお礼を申し述べます。

平成二十四年五月

北川太一

高村光太郎（たかむら・こうたろう）

明治16年（1883）、彫刻家高村光雲の長男として東京に生れ、昭和31年（1956）に没す。東京美術学校卒業後、米欧留学。戦前戦後を通じて日本の近代藝術を代表する彫刻家・詩人だった。初期の「手」「裸婦坐像」や、代表作「黒田清輝胸像」など多くの肖像彫刻、最後の「十和田裸婦群像」、数々の木彫小品などの作品を残し、『道程』『智恵子抄』『典型』などの詩集や、短歌、『美について』『造型美論』『某月某日』などの美術評論・随筆集、人々に大きな影響を与えた『ロダンの言葉』などの翻訳もあった。『高村光太郎全集　増補版』（全21巻・別巻1）がある。

北川　太一（きたがわ・たいち）

大正14年（1925）、東京に生れる。東京工業大学卒業。晩年の高村光太郎に親しみ、没後、全集編纂の実務を手始めに『高村光太郎全詩集』（筑摩書房）、『高村光太郎全詩稿』（二玄社）、『高村光太郎彫刻全作品』（共編・六燿社）、『高村光太郎 書』（共編・二玄社）、『高村光太郎 美に生きる』（共編・二玄社）、『智恵子 その愛と美』（共編・二玄社）、『暗愚小伝』（二玄社）など、資料の整備につとめた。著書に『高村光太郎ノート』（蒼史社）、『書の深淵』（二玄社）他がある。

光太郎《こうたろう》 智恵子《ちえこ》 うつくしきもの
「三陸廻《さんりくめぐ》り」から「みちのく便《だよ》り」まで

二〇一二年六月 五 日　初版印刷
二〇一二年六月二〇日　初版発行

著者　高村光太郎《たかむらこうたろう》　北川太一《きたがわたいち》
発行者　渡邊隆男
発行所　株式会社　二玄社
東京都文京区本駒込六―二―一 〒113―0021
電話　〇三（五三九五）〇五一一
Fax.　〇三（五三九五）〇五一五
http://nigensha.co.jp

装丁　今泉正治
印刷所　図書印刷株式会社
製本所　株式会社積信堂
ISBN978-4-544-03046-4 C1095

高村光太郎　書の深淵

北川太一 著｜高村 規 写真　A5判・200頁●2000円

光太郎の筆跡資料を年代を追って収録し、その深遠の書の形成を跡づける。制作の周辺事情、交友、時代背景にもふれるとともに、書に関する光太郎のエッセイも随所に紹介。

詩稿「暗愚小伝」高村光太郎

北川太一 編　B5判・152頁●2500円

戦時中に発表した詩のために、文壇で戦争責任を問われた光太郎。その悲痛な心情を訴えた詩篇の清書原稿を精緻な印刷で再現。光太郎研究の第一人者が詳細な解説を付す。

高村光太郎　美に生きる

北川太一 著｜高村 規 撮影　B5判変型・128頁●2800円

光太郎の生涯を、形成、反逆、美に生きる、生命の大河の4章に分け、彫刻・デッサン・書など主要な作品の写真と、詩文・評論などから選りすぐった文章で浮き彫りにする。

智恵子　その愛と美

北川太一 編｜高村 規 撮影　B5判変型・96頁●2200円

全てを昇華するように生み出された智恵子の紙絵と、光太郎の絶唱〈智恵子抄〉を中心に、出会いと生活、智恵子の狂気と死、智恵子の思い出に生きる光太郎の3章で構成。

二玄社〈本体価格表示。平成24年6月現在。〉http://nigensha.co.jp